Mikhaël Ben Daoud

I0664537

Papa... des fantômes !

roman

Éditions Dédicaces

PAPA… DES FANTÔMES !
par MIKHAËL BEN DAOUD

ÉDITIONS DÉDICACES INC.
675, rue Frédéric Chopin
Montréal (Québec) H1L 6S9
Canada

www.dedicaces.ca | www.dedicaces.info
Courriel : info@dedicaces.ca

2

Mikhaël Ben Daoud

Papa... des fantômes !

À ma mère.
Qui aurait aimé cette histoire. Parce qu'elle vient de moi

À ma sœur.
Qui nous a quittés trop tôt. Que son âme demeure.

À mon père.
Pour son courage. Dans l'épreuve

À ceux de ma famille

À ceux qui me sont chers

À Benoît XVI
(De Gloria Olivae)

Au collège Abraham-Geiger,
Pour un renouveau du judaïsme allemand

I
De nos anciens jours

C'est bien la première fois que je visite ce pays. Israël fut de tout temps pour moi une énigme. Était-ce ma nationalité allemande qui me troublait, me dérangeait ? Je percevais effectivement une certaine gêne dès que mes collègues dialoguaient du Proche-Orient et de ses récents conflits. Tandis que les uns y allaient de leurs plus belles plumes pour critiquer une idéologie ne s'appliquant qu'à un seul peuple, le sien ; tandis que les autres, outrés du passé nazi de l'Allemagne, étaient prêts à bien des concessions de sa part pourvu que l'on ait à les critiquer. Je me plaçais dans une tranche qui passait effectivement par la gêne, mais qui se terminait bien vite par le positionnement. Plutôt la question du positionnement.

Au début, je dois l'avouer, je ne désirais pas cette enquête.

- … Attends ! C'est une opportunité formidable. Imagine. Un officier allemand. De race pure. Un noble et tout ça. Il se convertit au judaïsme. Après la guerre, il devient rabbin. Et voilà que, sans enfant, tous les matins du monde, il demande à son Dieu de le pardonner et, surtout de prendre bien soin de son petit… Siegfried.

Je ne sais comment se place exactement l'Allemagne d'aujourd'hui. Je sais seulement que, me concernant, je préfèrerais aborder notre souffrance présente, maintenant séparés par la volonté des vainqueurs de Yalta. Plutôt que de rechercher les dérives de cet Allemand d'un autre temps, qui plus est, m'a-t-on dit, fut commandant dans un camp de la mort. Alors, noblesse allemande ou pas, je ne percevais pas le besoin d'établir un souvenir écrit de cet homme. Chacun avec sa conscience, pensais-je.

- Écoute. Je ne te demande pas grand-chose. Seulement quinze jours. Va en Israël. Va le voir. Nous t'avons déjà préparé le terrain. Il t'attend.

J'avais deviné à son sourire que je n'avais pas le choix. J'étais piégé.

- Très bien. J'irai à la rencontre de votre repenti.

Mon directeur arbora un sourire qui dissimulait, mais bien mal, une satisfaction laissant transparaître son jeu avec moi. Je pris donc l'avion pour Israël et, durant le trajet, tout en rassemblant mes notes, je revoyais ma dispute avec elle. Elle ne désirait pas me savoir parti.

Nous devions nous marier prochainement et les images qu'elle retenait de ce pays montraient son angoisse. Les risques d'attentats étaient toujours présents et l'ensemble de ses guerres successives a montré au monde qu'aucun habitant ne s'y sentait en sécurité. Qu'importe ! J'y allai. Elle m'en a voulu. Je tâcherais de lui rapporter quelques objets souvenirs dès mon retour.

Nous approchons de l'aéroport. Nous commençons notre descente. Déjà, la vue de ce modernisme m'intimide. Je pense trouver un pays jeune, à peine construit. Je me vois alors marcher dans des rues semblables aux nôtres. Je perçois un mode de vie à l'européenne, mode que je n'imagine alors pas. Peut-être que je ne le désire pas.

- Et je veux tout. Sa jeunesse. Sa femme. Son enfant. Son travail et surtout, son parcours final.

Décidément ! C'était un bien dur ouvrage que l'on m'avait laissé. De la méconnaissance totale, faire jaillir le compris. Le pourquoi on m'avait fait venir. On voulait que je réponde à cette question essentielle : un idéologue nazi peut-il se déconstruire au point de devenir la victime de sa foi ? Qu'a-t-il bien pu arriver à ce commandant qui, sans tout cela, aurait fini pendu pour crimes de guerre ? Pourquoi m'a-t-on envoyé faire ce reportage ? Je ne voulais pas le rencontrer. Un mélange de peur et de mépris me laissait des goûts amers dans la bouche. Quand j'étais plus jeune, il m'arrivait de lire les mythologies germaniques. Elles me faisaient rêver. La belle Kriemhild vengeant son noble Siegfried, son unique amour. Et Brünhilde ? Et les Walkyries ?... Et Wagner ?... Et Hitler ? Je voulais fuir ces mythologies. Je les rendais responsables de nos malheurs. Ceux de l'Allemagne. Peut-être avais-je tort ? Et si les seuls fautifs n'étaient autres que les Allemands eux-mêmes ? Eux, si crédules ? Si fiers ? Si naïfs ? Ont-ils réellement désiré le nazisme comme on désire une révolution ? Une libération ? Avons-nous réellement vu en Adolf Hitler un libérateur ? Un messie ? J'avais peur d'être confronté à ces questions ? À leurs réponses ? À tout ça ?

Ma chambre d'hôtel n'a rien d'un palace. La générosité de mon patron se fait bien trop rare pour que je puisse le remercier. Après tout, il ne s'agit pas d'un voyage d'agrément. Je suis journaliste, je m'efforce de l'être ; plutôt je m'en persuade. La chambre doit probablement ressembler à toutes ces chambres non désirées un peu partout dans le monde. Dans ces hôtels moyens qui ne sont pas encore des taudis. Mais je ne me plains pas. Je me dois de rassembler l'ensemble de mes notes. De mes questions. Tout d'abord !

Comment dois-je l'appeler ? Dois-je lui faire sentir notre rapprochement identitaire ? Se sent-il encore allemand ? Acceptera-t-il de me rencontrer du fait de ma nationalité ? J'essaie de l'imaginer. De le percevoir. Et s'il avait haï toute l'Allemagne depuis ? J'avais un peu peur. Je l'avoue. Et puis, je verrais bien. Pour ma part, je préfèrerais même qu'il ne me rencontre pas. Mes notes sont prêtes, mes questions le sont aussi. Comment vais-je faire ? Je le laisse parler ou bien je les formule les unes après les autres. Mais je sens le sommeil m'envahir. Je penserai à tout cela demain. Je reste dans ce pays plusieurs jours encore, voire plusieurs semaines. Mes questions évolueront avec l'image que je me serai faite de ce commandant de la mort. Combien en a-t-il tué ? A-t-il réellement la foi juive ? Qu'a-t-il bien pu lui arriver ? Il m'intrigue...

J'aime à me réveiller dans un pays étranger. Cette sensation que l'on ressent lorsqu'on le visite. La tracasserie administrative qui est la sienne ne m'atteint alors pas et je domine chaque ville que je traverse. Je le crois du moins. Israël est l'un des pays comptant le plus de vestiges archéologiques au kilomètre carré. Je peux comprendre alors l'enjeu politique, religieux, mystique d'un tel lieu. À l'occasion, je visiterai chacune de ces villes qui gardent en son sein l'âme du monde.

De notre monde. Je n'ai pas désiré de guide. L'hôtel me l'a bien proposé mais je l'ai aimablement refusé. Je voulais devenir un étranger en terre étrangère. Je cherchais à imaginer son ressenti dès son arrivée. Je désirais marcher sur ses pas. Les gens ne regardent plus les touristes. Il faut avouer que chacun y va de sa petite vie, de ses petits soucis... de ses craintes. C'est donc vrai. Israël est un pays comme les autres. J'y reviendrai plus tard avec moins d'appréhension. Je m'efforcerai de donner le moins de détails possibles du pays.

Après tout, ce n'est pas un guide de vacances que je rédige. C'est l'histoire d'un être dont la vie, je pense, n'intéressera que peu de personnes. Voilà plus de vingt ans que la Seconde Guerre mondiale a pris place dans l'Histoire. Bien sûr on entend les témoignages des derniers survivants. Cependant, l'écho de leurs voix se fait de plus en plus faible. Que sont-ils désormais devant les hurlements que peuvent déclencher les guerres modernes ? Aujourd'hui, les deux grands de ce monde ne se font plus la guerre que par cautionnement interposé. Telle grande puissance soutient alors tel petit pays face à tant d'autres cautionnés à leur tour. Même en Israël, je l'ai entendu. On refuse d'écouter les plaintes des rescapés. L'horreur de ce génocide a dévoilé un certain malaise face aux nouvelles générations et seul l'avenir nous dira de quelle manière ce pays poursuivra son existence. Un jour peut-être, je réfléchirai davantage à la question. Un jour peut-être, j'étudierai l'histoire de ce peuple. Pour le moment, seule l'histoire de l'Allemagne a de l'importance pour moi.

Je veux voir ce nouveau pays habité par ses nouvelles générations, heureux. Je ne souhaite plus voir un Allemand avoir honte de son histoire. Je souhaite qu'il l'étudie. Mais je souhaite surtout qu'il arbore un recul accepté devant ces faits anciens. Aucun jeune Allemand ne doit plus jamais ressentir la moindre gêne face aux crimes du passé. Sinon, la jeunesse allemande qui suivra celle de la guerre sera une jeunesse sacrifiée sur l'autel de la conscience. Cependant, la conscience des vainqueurs est-elle sans tâches ?

Je commence à m'habituer et même à me plaire dans ce pays. C'est drôle. Je ne me sens pas pressé de rencontrer le rabbin. Je ne désire pas percevoir tout de suite les courants de la déception m'envahir. D'ailleurs, je n'ai encore rédigé aucune ligne pour mon article. Je suis ici depuis une semaine et n'ai transcrit dans mon journal personnel que mes pensées…

Le téléphone sonne. C'est mon patron.

- …Alors ! L'as-tu vu ? Lui as-tu parlé ? Pas encore ?
Mais qu'est-ce que tu fabriques ?

Je m'efforçai de lui expliquer mes préférences. M'imprégner de l'esprit de ce pays avant de le rencontrer. Je cherchais ce quelque chose que lui n'a probablement jamais trouvé.

- …Qu'en sais-tu ? Tu es Dieu ?

Je restai sans voix. J'essayai de ne pas engager de conversations de cet ordre avec lui. Il était mon « boss » cependant je ne me reconnaissais pas dans ses pensées et il le savait. C'est d'ailleurs pour cela qu'il m'avait choisi. Moi et pas un autre.

- …Bon, écoute. Fais ce que tu veux mais ramène-moi un article bien ficelé sur ce gars-là, que je me persuade de l'utilité de ton voyage.

La conversation s'arrêta là. D'aucuns diront que mes rapports avec lui sont forts laconiques. Ils ont peut-être raison. Aujourd'hui je vais à Haïfa. J'y vais pour l'Histoire. C'est surtout le port qui m'intéresse. C'est de lui que sont sortis les survivants d'Europe. 1948 n'est pas une date très glorieuse pour moi. Le Berlin de cette époque est encore à l'état de ruines et la déception de mon peuple se lit sur l'ensemble des familles encore en vie. Certaines auraient préféré mourir. D'autres se sont contentées de survivre. Nous étions aussi des survivants. Cependant, ces survivants-là sont d'une autre trempe. Après avoir survécu à leur génocide. Après avoir pris conscience que leurs souffrances appartenaient désormais au passé. Les voilà retrouvés sur un bateau, accostés au port d'un pays qui leur refusait l'entrée car sous mandat d'un autre. Notre pire ennemi. Les bouleversements de l'Histoire m'échappent quelquefois…

12

Cependant mon « boss » a raison, je ne devrais pas m'attarder. Dès demain, j'irai le voir.

J'ai menti. Une autre semaine et je ne l'ai toujours pas rencontré. Je ne suis pas pressé de le faire. Encore le téléphone. Encore mon « boss ».

- …Alors ! Et ces funérailles ?
- Les funérailles ?
- Attends, tu n'es pas chez lui ?
- C'est-à-dire…
- Mais c'est pas vrai ! Il est mort ! Idiot !

Aucun mot ne put sortir de ma bouche.

- Mais comment as-tu pu me faire ça ? À moi ? J'avais confiance en toi !
- Je peux expliquer !
- Il n'y a rien à expliquer, imbécile. À ton retour. Je te vire ! Quand je pense que je t'y ai envoyé pour un reportage des derniers jours… !
- Des derniers jours ? Attends, je ne te comprends pas. Tu le savais donc malade ? Et tu ne m'as rien dit ?
- Ah ! Ne le prends pas sur ce ton avec moi. Tu veux bien ? Je le savais, oui. Je pensais accentuer la force de son repentir si les gens pouvaient voir, comprendre, accepter le fait qu'il vivait ses derniers jours. Maintenant, tout est fichu.
- Mais non ! Je peux encore y aller
- Ne te moque pas de moi. Toi, tu rentres et… la porte.
- Dans ces conditions, je crois que je vais rester encore un peu.
- Quoi ? Écoute ! Tu en as assez fait. Je t'attends. À dans une semaine… Allô ? Allô ?

13

Je n'ai plus peur à présent. Je peux y aller sans craintes. Pour moi, il ne représentera jamais plus qu'un personnage de l'Histoire et qui sera bien vite oublié. En tout cas par moi. Je m'y suis effectivement rendu. Quel spectacle que de voir l'ensemble de cette communauté se lamenter sur sa disparition ! Je voulais leur dire : « *Mais imbéciles ! C'est un ancien nazi !* »

Soudain, une main sur mon épaule. Un religieux qui me regardait d'un œil tendre, respectueux. Je ne comprenais pas.

– Vous êtes l'Allemand ? Vous êtes le journaliste ?

Je restai interloqué de voir cet homme me parler, et dans ma langue encore.

- Je le suis. Je l'ai manqué. Je suis désolé.

Ses yeux avaient tant à me dire. Son sourire m'a apaisé.

- J'étais son secrétaire particulier. Il appréhendait votre peur.
- Ma peur ? Mais ?
- Il vous a attendu quinze jours, vous savez ? Il était averti de votre présence.

Pourquoi je m'en veux tant ? Pourquoi ai-je envie de pleurer intérieurement ? Pourquoi avoir si longtemps hésité ? Mon « boss » a raison. Je suis un idiot. Un pauvre rêveur, incapable de redescendre sur terre aux moments les plus importants.

- Ne soyez pas si dur envers vous-même. Il aurait aimé vous rencontrer. C'est vrai. Cependant, jusqu'au bout, il ne vous en a pas voulu.
- Était-ce si important pour lui ?

14

Ses yeux baissés et son léger sourire m'ont tout de suite fait comprendre ma sottise. Celle que je porte. Un clin d'œil malin et...

- Durant ces quinze jours, j'ai fait votre travail, vous savez ?
- Mon travail ? Mais !
- Tenez. Je vous offre une copie de ses derniers commentaires. Ses derniers instants de vie. Je ne peux vous donner ses écrits manuscrits. Tout ce qui laisse transparaître l'âme du rabbi ne doit plus désormais quitter la terre d'Israël.
- Il a donc gardé une confiance en moi ?
- Vous étiez celui qu'il avait choisi parmi d'autres. Il vous a suivi dans vos errances. On lui faisait des rapports journaliers de vos promenades au pays. Il a aimé votre innocence. Mais surtout, il a aimé vos doutes. Sur lui, d'abord. Sur l'Allemagne, ensuite. Sur le monde, enfin.
- J'hésite encore à le remercier. Pardonnez-moi.
- Ne vous formalisez pas. Vous en aurez le temps. Si le cœur vous en dit, revenez me voir.

Je tenais donc cette grosse enveloppe qui me faisait comprendre un paquet de feuilles probablement retapées par ses soins. Je le quittais donc avec un sentiment de honte au plus profond de moi. Arrivé à ma chambre d'hôtel, j'en commençai la lecture.

Mon ami,

Vous pardonnerez, j'en suis certain, cette familiarité avec vous. Nous ne nous connaissons pas et cependant des restes de mon ancienne vie me font comprendre que je dois vous considérer comme tel. Je vous laisse l'éventail de sentiments à votre disposition pour me qualifier. Vous avez même le droit de me haïr. Je ne peux, il est vrai, effacer le passé ni mes agissements envers ce peuple qui m'a adopté et que j'ai adopté. Sachez que je les assume complètement et totalement. Ne jugez pas non plus cette communauté qui me protège. Je dois vous avouer que mon pardon aurait eu un certain mal à se faire entendre sinon accepté au sein des grandes villes modernes de ce nouveau pays. Il me fallait des êtres du passé pour pardonner un acte du passé. Il me fallait une communauté du passé pour effacer une idéologie du passé. Sachez qu'en ce qui vous concerne, je ne vous en veux pas. Vous êtes issu d'une Allemagne Nouvelle. Et qui n'est pas la mienne. Vous comprendrez ainsi mes perpétuels refus d'y retourner même après sa reconstruction. De plus un jour ou l'autre, on m'aurait arrêté. Par ce recueil que je vous laisse, je désire vous faire comprendre ma position. J'ai si haut porté l'espoir d'avoir un fils qu'à l'instant de sa disparition, plus rien n'a eu désormais d'importance pour moi. Un jour peut-être, vous comprendrez davantage cette religion que j'ai choisie et alors, vous percevrez mes compréhensions au jour dit de mes punitions. Je vous rassure. J'ai été davantage rémunéré que puni car, si vous acceptez qu'un père puisse être sévère pour le bien de son enfant, vous accepterez que ce père là, qui est notre maître à tous, ne nous punit pas en vain. Nous méritons ce que nous subissons. Il m'a fallu bien des souffrances pour accepter l'inacceptable. Ces souffrances, qui sont aujourd'hui les miennes, je vous en fais part. Je sais aussi ne pas m'être trompé en vous confiant ce récit. J'ose seulement espérer que votre intelligence vous portera au-delà de vos passions et que vous verrez en moi non plus un mauvais souvenir de votre histoire passée, mais un nouveau départ pour une Allemagne Nouvelle. Que Dieu vous bénisse et qu'il accepte toutes décisions et tous choix qu'il vous plaira alors de prendre.

LE RABBI

II
Heinrich

J'ai été élevé dans l'idée que l'Allemagne était la puissance la plus noble d'Europe. Mon père, qui fut officier durant la Première Guerre mondiale, n'a jamais supporté le fait de perdre ces deux provinces que sont l'Alsace et la Lorraine. Il s'en estimait justement propriétaire car elles furent récupérées sous le fracas des armes. La défaite de la France à Sedan l'a conforté dans ses idées. Il était alors très fier des agissements de son armée. Pour lui, la France était un pays immature et Napoléon III lui-même ne représentait à ses yeux qu'un président de rencontre. Notre présence en ces terres a représenté pour son ego une récompense du Tout-Puissant.

- Enfin, nous allons pouvoir civiliser ces maudits Gaulois ! Enfin, les nobles prières de nos soldats tombés sont montées jusqu'à Toi !

Un sourire franc et fier. Toute Allemande se dégageait alors de son être. Il était Allemand et seul Dieu aurait pu le punir de son orgueil. Quand l'Allemagne a perdu ses deux territoires, il s'est enfermé sur lui-même demandant à son Dieu le pourquoi d'une telle défaite. Je l'ai vu l'implorer, puis l'insulter et, malgré cela, j'aimais et je respectais mon père. Probablement plus que de raison car je me sentais fier d'être son fils. Je savais dès ces instants que je suivrais sa trace. Je sortirais tout comme lui d'une école des armées de notre beau pays et alors, notre

17

glorieux nom pourra de nouveau se retrouver en ce seul lieu fait pour lui : le champ d'honneur.

Mon père mourut en 1938. Il a connu la montée de l'idéologie funeste. Il en fut même fier quelques temps. Il a d'abord cru voir en ce nouveau chancelier un juste retour des choses. Mon père était aussi un homme qui comptait dans la haute société. Et c'est pour cela que continuellement, il fut sollicité par tous types de réseaux de pensées. On attendait qu'il exprime une opinion sur le nouveau chancelier. On attendait qu'il acquiesce ou bien qu'il condamne, mais on attendait quelque chose. Quelque chose qui n'est pourtant pas venu. Il fut même un jour sollicité par des Juifs appartenant à cette idéologie politique : le sionisme. Les sionistes d'alors tentaient de ramener à leur cause nombre de gens influents. Il va de soi que mon père n'accorda pas de crédit aux histoires qui circulaient sur la position des Juifs allemands. On racontait de bien terribles choses. Cependant, nous autres vrais Allemands avions tendance à regarder cela d'un œil supérieur. Nous nous sentions effectivement les maîtres de ce pays. Après tout, nos familles n'ont-elles eu de cesse de tracer à l'encre de leur sang cette histoire glorieuse qui fut la nôtre ? Pourtant, mon père accepta de les recevoir. Pensa-t-il qu'il en fut de son devoir d'esprit supérieur ?

J'étais parfois troublé par la teneur de leurs discussions. Les sionistes tentaient désespérément de faire comprendre à mon père que la souffrance des Juifs était réelle. Cependant, dans leurs soucis de militer également pour un état indépendant en Palestine, ils perdaient de la crédibilité. Mon père n'admettait pas ces deux variantes. Ou bien les Juifs souffraient en tant que Juifs allemands et, dans cet esprit seul, il tenterait de faire quelque chose ; ou bien ils perdaient à ses yeux leur appartenance germanique et, de facto, son soutien. Il ne s'imaginait pas défendre, pour un côté, des Allemands qui désiraient le rester et, pour l'autre, des gens qu'il verrait tranquillement quitter notre Empire pour aller fonder un nouveau pays en récupérant l'ensemble des richesses qu'ils avaient amassées. Sa vue des événements était simpliste, aujourd'hui je l'admets. Seulement, tout était si complexe en ce temps-là. La souffrance des uns se noyait dans le bonheur des autres. Le nouveau chancelier avait apporté une bouffée de fraîcheur à un pays frustré et humilié. Que nous importait alors la souffrance de quelques âmes, qu'elle fut réelle ou bien imaginaire ? Mon père ne fut pas un homme mauvais. Je suis persuadé qu'en d'autres temps, il serait devenu un homme aimé pour sa bonté. Un jour qu'il était invité à l'une de ces glorieuses soirées du nouvel Empire en devenir, il se trouva confronté physiquement à cette souffrance juive qu'il avait alors rejetée. Par ruse et à pas silencieux, un jeune Juif réussit à se mélanger à eux. Et, à l'instant où l'orchestre commença à jouer, il hurla à leurs oreilles étonnées :

- Allemagne, réveille-toi ! Tu as permis à ton chancelier boucher d'humilier les enfants d'Israël. Pour cela, tu connaîtras la ruine de tes idées. Tes si précieux monuments te seront alors retirés. Tu pleureras de ta souffrance et tes générations futures maudiront ces instants que tu penses être aujourd'hui privilégiés.

Il prit devant eux un pistolet. L'appliqua à l'intérieur de sa bouche. Et il tira. Il me raconta cet événement avec beaucoup de surprise dans la voix. Et si les persécutions des Juifs étaient réelles ? Si notre nouveau chancelier n'était effectivement qu'un boucher ? Mais non ! Il ne pouvait en être ainsi. La France de Versailles nous avait rabaissés plus bas que des cochons. Il serait injuste de prétendre que notre Führer si justement et démocratiquement accepté par notre supériorité d'âme puisse n'être que cela. Cela ne devait pas. Néanmoins, cet épisode ne laissa pas mon père indifférent. Il se pencha après cela plus en avant sur l'étude de nos idées politiques. Il perçut vers la fin de sa vie cette vérité qu'il eut bien du mal à accepter. Le Juif avait raison.

Ma mère, quant à elle, fut une femme beaucoup plus réservée. Elle n'était pas Allemande de la ville mais bien petite bourgeoise de province avec tout ce que cela pouvait représenter. Mon père eut des soucis avec les siens le jour où il leur annonça ses fiançailles. Pour un sang noble, la femme que l'on se choisit sans l'aval de tous les siens n'est jamais la désirée. Aux yeux de mon père, la Bavière représentait la quiétude qu'il recherchait pour l'Allemagne. Il décida tout de même d'annoncer le mariage à sa famille. Du côté de mon père, on grinçait des dents. Du côté de ma mère, on tentait de défendre sa place. Ils désiraient se faire entendre sur le fait qu'une bourgeoisie des champs pouvait apporter autant de respect et de rectitude à l'existence que cette noblesse dite supérieure et qui occupait l'ensemble des grandes et prestigieuses villes de notre nouvel Empire. Tous ces événements, je les tiens de ma mère qui me les avoua le jour de mes quinze ans. Je suis né pour ma part en 1919. Mon père a voulu ainsi marquer notre fin par ma venue.

- Ce que je n'ai pu mener à bien, mon fils le fera.

J'ai peu de choses à dire sur mes parents. Ils ont continué leur existence et je me suis efforcé de profiter au maximum d'eux. Mon père finit par sombrer dans la mélancolie. Une mélancolie philosophique qu'il tenta de construire devant l'évolution des événements qui amènera notre pays aux dérives que l'on a vues et à la drôle de guerre qui en découla. Grâce au ciel, mon père mourut assez rapidement. Il n'eut pas le temps de voir ce qui amena de nouveau notre glorieuse patrie vers sa nouvelle finalité. Je pense qu'il ne l'aurait pas supporté. Pour lui, reconnaître la prophétie du Juif fut déjà assez pénible. Accepter de voir notre glorieux Reich se réduire à l'état de néant aurait mis fin prématurément à son existence. J'ai longtemps prié pour mon père et pour ma mère. J'ai prié pour l'ensemble du peuple allemand dans l'espoir que ce Dieu qui m'a choisi puisse m'exaucer. Dieu seul possède les réponses aux questions que nous nous posons. Je continue de l'interroger. Encore et toujours. Lorsque le « Massiah » ou « Messie » ou « Gueoula : Jour de la délivrance » viendra, l'Allemagne sera-t-elle davantage punie qu'une autre nation ? Cette question m'a hanté durant l'ensemble de ma trop courte vie. Dieu veuille que Sa justice miséricordieuse soit alors reconnue par tous. Dieu veuille que Sa justice miséricordieuse pardonne alors à l'Allemagne.

Les épisodes concernant la vie de ma mère sont beaucoup moins représentatifs. Elle s'efforça de jouer son rôle de femme allemande et noble de surcroît. On ne l'enviait pas plus que les autres. Seulement, on s'habituait à ses silences. Les réserves intellectuelles de ces femmes de l'Empire les obligeaient à ne guère dévoiler devant autrui des opinions qui n'appartenaient qu'aux hommes. Les femmes de l'Empire étaient ainsi faites : belles et simples comme la pureté de leur corps. La pureté de leur architecture. On trouvait bien sûr des femmes d'esprit. Surtout chez les juives. Seulement, étaient-elles réellement Allemandes ? Coulait-il dans leurs veines ce même liquide que nous possédions ? Cette même gloire certifiée ? L'ensemble des autres qui formaient l'entourage de mes parents pensait la même chose. Tout était si bien ordonné dans ce paradis germanique. La vie, l'amour, la mort qui n'étaient autres que des vitrines ambassadrices de notre culture. De nos mentalités. De nos mœurs supérieures. Je me souviens qu'à l'enterrement de mon père, beaucoup de militaires étaient présents. Ils me regardaient tantôt avec fierté. Tantôt avec reconnaissance. Jamais avec tristesse ni compassion. C'est pour tout cela que je me sentis fier. Fier d'être son fils. Je me l'imaginais alors s'approcher du Walhalla, accueilli par légions de guerriers à la gloire passée. C'était beau à mes yeux d'alors.

C'est à cette époque que j'entrai à l'Académie militaire. Mon père y ayant fait ses armes, j'y fus considéré comme un membre honoré. Surtout par ceux de ma classe. Les professeurs eux-mêmes aimaient à découvrir le fil des générations se dévider au sein de leur école. C'était pour eux une preuve de statut. De reconnaissance. J'ai apprécié mes années passées dans cette école. On vous y apprenait que la race allemande était la plus noble et la plus fière d'Europe. Je devins ainsi le digne successeur de mon père. Je devins ainsi jeune officier allemand. Fier à mon tour de porter le haut nom de mon père. J'aimais à me représenter cette Allemagne Nouvelle susceptible de dominer l'ensemble de ces autres nations que je percevais comme inférieures. Nietzsche et Kant supplanteraient alors Voltaire et Rousseau et le noble son guttural de notre langue se laisserait entendre jusqu'aux portes extrêmes de notre Troisième et nouveau Reich. Jamais je n'aurais imaginé qu'un tel bouleversement eût pu se produire en moi au point de détruire la gloire de mon père afin de reconstruire celle de notre famille toute entière. J'étais loin d'imaginer alors les desseins de Dieu. Je ne les découvris que plus tard.

Il vous faut bien comprendre, que les propos que je tiens, je les laisse gratuitement. Je ne demande pas aux nouvelles générations faussées par cette Europe nouvellement et politiquement pacifiée d'y porter un jugement. Je leur demande seulement de se tenir en alerte.

Car les événements de l'Histoire nous amènent parfois à prendre des chemins détournés. Ce que nos yeux présentement nous font voir, parfois nous cache ce que notre cœur désire. Et les désirs du cœur sont très éloignés de ce que nos générations demandent. Vivre en paix sur la terre. Est-ce chose si difficile ? Il faut croire que oui. Les gens font-ils la guerre par ennui ? Je me le demande. Si je ne prenais que l'exemple des camarades de mon père, effectivement la guerre tue l'ennui. La préparation militaire est la seule nécessaire à sortir l'homme de sa torpeur, pensaient-ils. Bougez, âmes nombreuses ! Courez ! Suez ! Car ces perles qui suintent des pores de votre peau ne représentent-elles donc pas vos impuretés raciales ? Voilà pourquoi vous êtes purs. Voilà pourquoi l'Empire nous a donné la pratique du sport comme aboutissement de la science hygiénique. Qu'est-ce que la perfection de l'homme ? Sinon ce désir toujours constant d'éliminer ce qui est impur. Maudits gros, êtres vils ! Lorsque vous bougez, vous essayez du moins, vous déshonorez jusqu'à l'ombre de la création elle-même. Vous faites honte à notre Führer. À notre Reich. Je sais, oui. Notre Führer était petit et brun. Et Hermann Goering était gros. Seulement, voilà : quand on arrive à toucher les sphères du pouvoir divin. Alors, il n'y a plus de bruns. Il n'y a plus de gros. Il n'y a même plus de Juifs. Combien de nos grands chefs se sont-ils vus reconsidérer leur généalogie ? Et c'est normal. Si nous acceptons de l'homme qu'il naisse de l'humus, du limon de la terre, nous devons accepter de cacher le passé outrageant de nos superbes dirigeants. La gloire d'une race passe par l'oubli de ses brouillons. Je me dois de vous faire comprendre ces choses. La race supérieure était un concept. Une entité vivante. N'écoutez pas ces beaux esprits spécialisés et autres analystes du chaos. La plupart d'entre eux sont nés après la guerre. Ce qui n'a rien de dérangeant en soi, je vous l'accorde. Si ce n'est pour une seule chose. Essentielle. Ils n'ont pas connu l'esprit de l'Empire. Ils se sont contentés de ne juger qu'une finalité offerte par défaut sur nos ruines superbes. Ils pourront tout dire. Ils n'y étaient pas. Ils pourront pleurer. Mais pleurer sur qui ? A-t-on pleuré la mort de nos enfants à la fin de la guerre ? Nous étions les maîtres. Vous n'êtes que les descendants travestis de vainqueurs proposés d'une histoire qui se renouvelle sans cesse.

Maudits soyez nouvelles générations. Vous n'êtes que la représentation vivante et avérée de notre malédiction. Combien de nouvelles erreurs devront nous encore supporter ? Combien de temps encore verrons-nous les morts de nos familles attendre patiemment ? Et attendre toujours. Que te faut-il Dieu tout puissant pour pouvoir intervenir ? Notre Empire ne t'a-t-il pas suffi ? Combien tardif tu es à la colère ? Combien de civilisations, de nouvelles générations sacrifiées te seront-elles nécessaires ? Pardonne-moi mon Dieu. Dans mon souci d'être honnête envers l'autre. Je blasphème contre toi. Mais combien en as-tu entendu ? Combien en as-tu pardonné ? Combien est longue la voie qui mène à la délivrance ?

Le téléphone sonne.

- …C'est moi. T'es-tu décidé à rentrer ou bien dois-je penser à te faire remplacer ?
- Écoute. Tu m'as envoyé là-bas, je te l'accorde, pour faire un reportage sur lui, non ?
- …Et après ? Il est trop tard, maintenant.
- Je ne te demande qu'une seule chose. Laisse-moi un peu plus de temps. J'ai des raisons de penser que mon voyage n'en demeure pas moins inutile.

Mon patron, toujours à l'affût.

- …Oui. Tu sais des choses ? Dis-moi quoi ?

Je pouvais percevoir le sourire de mon patron même quand je l'avais au téléphone. Il faut dire qu'il appartient à ce type d'homme pour qui un « scoop » est plus important qu'une vie humaine. La fin de la guerre a su créer nombre de ces colporteurs de faits, de ceux qui écrivaient ce que les autres attendaient à lire. Plus le sensationnel était révélé, plus les gens s'en imprégnaient. Cela venait probablement de leur désir de trouver encore plus extraordinaire que les douze années passées de cette guerre qu'ils avaient alors vécue. Tout était à reconstruire. À repenser, alors.

- Je préfère être sûr de ce que j'avance. À marcher sans prudence…
- …Je t'en prie. Épargne-moi ça. Alors. C'est quoi ?
- Un écrit.

Qu'avais-je dit ?

24

- Tu plaisantes. Un de sa main ?
- Je préfère ne rien ajouter. Je te tiens au courant.
- …Allô ? Allô ?

Je ne tenais pas à salir la vie de cet homme. Du moins, pas avant d'en être arrivé jusqu'au bout.

L'Empire a poursuivi sa progression. Car long et parfois sinueux est le chemin qui conduit à la lumière. Ceux qui l'ont traversé. Ceux-là savent de quoi je parle. Les nations inférieures nous jalousaient. Devant la clairvoyance de notre Führer, du nouvel Empire, les ministres d'ailleurs ont tenté de freiner notre avancée qu'ils jugeaient inquiétante. Ils ont montré surtout à la face de notre peuple ce qui peut arriver à une nation lorsqu'elle se laisse diriger par son misérabilisme. Jaloux, qu'ils ont été ! Sous couverts de fausses impressions et autres inquiétudes vis-à-vis de la race juive, ils nous ont montré leur peur de s'élever. Leur peur de dominer. Ils nous ont montré la photo de leur infériorité. Tout se sentait. Tout se percevait chez nous. Les événements successifs de notre montée ont fait comprendre au monde le triomphe de la volonté. Poussières que tout cela !

Combien je me suis persuadé de l'utilité de cette foi ! Dans cette griserie qui était la mienne, j'ai accepté par honneur pour l'Allemagne cette responsabilité dont on m'a fait charge. J'ai accepté de gérer et de superviser ce camp de nettoyage des gènes inférieurs. J'ai administré de manière zélée ce camp de la mort qui m'ouvrait les portes de la renommée. Combien de jeunes officiers, à cet instant, m'ont envié !

Les premiers wagons commençaient d'arriver. Quel spectacle que tout cela ! On ouvre les portes et aussitôt, une marée humaine. Grouillante. Trébuchante. Les uns marchaient sur les autres qui finirent à leur tour, marchés. Piétinés. Qui marchait sur qui ? Qui pouvait le savoir ? Quelle importance ? Ce lieu défiait les lois de la responsabilité. Qui ose se plaindre ? Que m'importait alors les pleurs de la femme ? Les douleurs de l'enfant ? Arrachez des mains le nouveau-né de sa mère ! Usez de ce pouvoir et regardez dans les yeux, l'impuissance maternelle. Jouissez. Percevez votre force et votre supériorité devant l'acte le plus simple et le plus infamant qui soit. Celui d'ôter à une mère l'espoir de son futur. L'espoir de sa suite. L'espoir de voir son amour de mère, perdurer. Qui peut juger tout cela ? Mais qui donc, aujourd'hui ? Ceux qui ne l'on pas vu ?

Je fus content de mon salon. Car c'est bien de lui que je pouvais voir ce que bien d'autres ne voyaient pas. Les fenêtres de mon bureau m'ont servi de vues sur la vie. Combien d'hommes ? De femmes ? D'enfants ? Nous vivions un autre monde.

Tant de jeunes Allemands prometteurs et qui finissaient oubliés aux quatre coins de l'Empire ! Et nous, ici. Et moi, là. Je voyais, protégé, les fins si nombreuses de ces êtres. Combien peut-être long le nettoyage de sa maison !

Il me fallut quelque temps pour pouvoir amener Kriemhild. Kriemhild était ma femme et jamais je n'aurais accepté lui montrer cet endroit en l'état. J'ai eu peu de mal à trouver des ouvriers au camp. Que ne donnerait un homme pour retarder sa montée au ciel ? Je ne le compris pas au début. Ce peuple si religieux ? Si fervent dans sa foi ? Son Dieu invisible ? Nous lui donnions pourtant les moyens rapides de L'approcher de près. Alors. Date ? Destinée ?

Mon petit Siegfried ne tarderait pas non plus à venir. J'étais impatient de le revoir. Siegfried et Kriemhild représentaient mes seules fiertés dans l'existence. Si j'ai accepté également ce poste, c'était aussi parce qu'ils pouvaient venir. Sous certaines conditions, bien sûr. Comme celle de ne jamais franchir ni passer les portes qui mènent au camp. À l'autre monde. Ils peuvent voir de loin ce qui se produit, seulement j'ose espérer que dans la confusion et le chaos, la situation générale allait bien vite leurs faire oublier ce qu'ils n'étaient pas supposés voir. Pour mon Siegfried, en tous les cas. Je me devais de le protéger plus que tout au monde. Je ne devais pas lui faire sentir les conditions extérieures. Il devait rester un enfant hors du camp. Et des autres. Je savais cependant que je ne pouvais pas tout gérer. Je n'avais pas idée de ce qu'était l'imprévu. Mais je savais qu'une force existait par delà nos désirs de volonté humaine. Cette force, quand elle le décidait, se rendait alors maîtresse de nos vies. Je savais que devant elle. Nous n'étions plus supérieurs. Était-ce elle qui orienta ma vie ? C'est possible. Siegfried ? Kriemhild ? Où êtes-vous en ce moment ?

Les gardes qui m'étaient attachés pouvaient venir des quatre coins de l'Empire. Ils n'étaient pas tous de grande éducation. Mais bon, ils étaient Allemands. Une fois l'Empire posé et mis en place, ils auraient le temps de se parfaire. De s'éduquer davantage. Car ces notions raciales qui nous semblent évidentes, pour eux, rejoignent l'abstraction théorique née dans le cerveau des quelques intellectuels du parti. Ils n'obéissaient qu'aux ordres. Ils se contentaient de n'être que les volets d'une philosophie éloignée de leur coutumière vie.

Tout se met en place. J'ai le sentiment d'orchestrer ma venue à la perfection. Je suis clair dans ma tête. Je suis bien chez moi. J'attends Kriemhild et Siegfried avec impatience.

Mais pourquoi ce groupe de Juifs diffère-t-il ? Leurs vêtements semblent surgir d'un passé oublié du pays. Il existe donc encore des Juifs si désuets ? Je m'en vais retarder leur fin. N'en ai-je pas le pouvoir, après tout ?

Un des gardes que j'ai fait mander vient me voir.

- Ce sont des Juifs orthodoxes, commandant Heinrich. Doit-on s'en débarrasser en premier ?

Je suis resté longtemps sans répondre. Quelques très longues secondes se sont alors écoulées et le garde lui-même s'interrogea :

- Ont-ils un chef ?
- Oui, commandant. La barbe la plus longue. Accompagné de l'enfant qui semble être son fils.
- Fort bien. Je vais les recevoir.

Cet enfant semble avoir l'âge de mon Siegfried. Peut-être pourra-t-il… ? Mais non voyons. Ça n'est qu'un Juif.

- Mes respects, commandant. Si tu les acceptes toutefois de la part d'un Juif.
- Je les accepte encore, rabbin. Je t'avoue ma surprise. Je ne pensais ne me débarrasser que de Juifs prétendument civilisés. Assimilés ? Je ne pensais trouver encore en vie des Juifs tels que vous.
- Vois-tu, commandant, nous ne venons pas de la ville. Cependant, ton administration a cru bon de regrouper plusieurs arrivées massives d'âmes humaines en une seule. Vous nous regroupez par paquets, si tu préfères.
- Cet enfant qui est avec toi, c'est ton fils ?
- Ezra. Dis bonjour au commandant. C'est un grand privilège qu'il nous donne que de discuter avec lui.
- Laisse-moi te présenter la situation, rabbin. Vous allez mourir. Toi. Ton fils. Ta communauté. Ton peuple. Ton monde.
- Avais-tu besoin de me le confirmer, commandant, que je ne le sache déjà ?
- Je tiens néanmoins à me montrer magnanime, rabbin.

- Toi, magnanime, commandant ?
- Ne m'interromps pas, rabbin. Mon fils Siegfried ne saurait tarder. Il me rejoint au camp, accompagné de sa mère. Ma femme.
- Je vois bien où tu veux en venir, commandant. Mon Ezra pourrait occuper l'ennui de ton fils, le distraire. Tout en sachant que sa vie ne tiendrait qu'au fil de tes désirs. Mais, si ton Siegfried se fâchait avec mon Ezra, hésiterais-tu à le punir ?
- N'espère pas me voir compatissant envers toi et les tiens, rabbin. Seulement, je veux pouvoir profiter de toi et de ton fils. Siegfried va se retrouver seul et le jeune âge du tien pourrait fort bien l'occuper. Après tout, Juif ou pas, un enfant reste un enfant.
- Je ne peux refuser, commandant. Tout ce qui pourrait rallonger d'un jour seulement la vie de mon fils, je l'accepterai.
- Même ta mort prochaine, rabbin ?
- C'est une faveur personnelle que je te demande, commandant. Use de ton influence. De ce pouvoir que tu possèdes sur moi. Accorde-moi la grâce de mourir avant mon fils.
- Nous verrons, rabbin. L'avenir t'exaucera. Peut-être.
- Je te remercie, commandant. Je tâcherai de percevoir en cette décision qui est la tienne, un acte de bonté. Mais j'y pense, commandant. N'as-tu jamais entendu parler de cette vertu que l'on nomme, bonté ?
- Retourne voir les tiens, rabbin. Ce qui reste de ton peuple a besoin de toi. Peut-être trouveras-tu parmi eux quelques âmes qui n'ont pas abandonné ton Dieu. Du moins, ce qu'il en reste.
- Si je parviens à ne sauver qu'une seule âme, commandant, alors j'aurai rempli ma tâche devant Lui. Pas dix. Ni cinq. Mais une seule, qui me suffirait amplement.
- Que veux-tu dire ?

- Juste que les chemins que l'on traverse au fil des générations se ressemblent et se croisent parfois avec l'Histoire de l'Humanité.
- J'aurai tout le loisir d'écouter tes énigmes juives, rabbin. Garde. Je tiens à accorder au rabbin ainsi qu'à son fils une permission spéciale : il pourra sortir du camp et user de mon bureau exclusivement. Tu vois, rabbin. Ton fils et toi ne connaîtrez pas que les douleurs du camp. Je te laisse quelques libertés. Fais-en bon usage.
- Je te remercie, commandant. J'userai avec sagesse de ces privilèges que tu m'accordes. J'espère passer quelques moments libres avec toi. Nous pourrions alors converser…
- …pas de ce petit jeu avec moi, rabbin. Mais si tu désires en apprendre un peu plus sur nos religions supérieures du Nord ? Je suis prêt, dans ces conditions uniquement à converser avec toi. Pour ta gouverne, rabbin, sache que tu aurais bien du mal à me convertir. À ton Dieu silencieux.
- Qui le cherche, commandant ? Pas moi. J'ai assez avec les miens qui ont perdu la foi. Tenter de te convertir serait bien au-dessus de mes capacités. De mes forces, surtout. Ma trop courte vie n'y suffirait pas.
- Retourne voir les tiens, rabbin. Je te rappellerai.

Merci encore, commandant. Que ce Dieu si présent dans ma vie nous apporte de nombreux sujets d'entretien. De ceux qui rapprochent les hommes.

III
Les autres

Je n'ai jamais désiré trop parler du camp en lui-même. Pour lui-même. Je n'ai jamais désiré présenter les détails de ce lieu que je considérais mien. Mon univers. J'étais terrible à l'époque. Je persistais dans mon aveuglement. Je n'admettais pas ce qui clairement se dessinait devant mes yeux. J'étais bel et bien devenu le complice zélé d'une nation égarée face à un acte qui jusque tard dans l'avenir sera prit pour référence en matière de pratiques humaines quant à l'élimination de son prochain. Bien entendu, vous trouverez bien mièvres ce semblant d'excuses que je m'autorise devant vous via ces feuilles de papier soigneusement retapées par mon fidèle secrétaire. Plus tard, au long de votre lecture, vous penserez de nouveau à lui. Vous comprendrez que les chemins que nous empruntons, ceux de la divine Providence, j'entends, nous amènent à reconsidérer la plupart du temps ces certitudes que l'on arborait alors, fiers. De si nombreux historiens se sont déjà consacrés à cette question. Une nouvelle littérature naîtra de cette époque. Peut-être même deux littératures. Car il n'y a rien de nouveau sous le soleil. Je perçois à présent la teneur de ces propos. En d'autres temps, le mien. Les flammes qui lèchent le livre de ses proverbes reliés m'auraient fait hurler de joie. J'aurais renié jusqu'à l'existence physique de son auteur. Plus de rois pour les Juifs. Reniera-t-on un jour ce que j'ai fait ? Quel merveilleux cadeau ce serait pour moi !

Une fois, Kriemhild fit des remarques au petit Ezra. Elle le considérait comme un simple petit enfant juif. Elle me l'a dit une fois. Cependant, elle demeura déférente envers lui. Une déférence toute semblable à celle que l'on possède devant un animal de compagnie. Sincère, certes, mais établie. Le petit Ezra le comprit bien vite. Il respectait Kriemhild. Intérieurement, il se savait condamné. Kriemhild trouvait que Siegfried manquait d'influence devant Ezra. Kriemhild était désireuse d'inverser les rôles, les positions de chaque enfant. Elle comprenait bien que le fils du rabbin puisse jouer avec le sien, elle comprenait moins bien que son fils puisse se laisser influencer par un petit Juif. Qu'en est-il de la race supérieure, après tout ? Le petit Ezra s'en alla en pleurant. Je n'en ai pas voulu à Kriemhild car j'ai assisté à la scène. Kriemhild n'a pas été méchante avec lui, cependant, les larmes d'un enfant, Juif ou pas, ne se ressemblent-elles donc pas ? J'ai perçu une gêne non avouée sur le visage de Kriemhild. Je suis persuadé qu'Ezra l'a ému. Je suis même persuadé qu'elle l'aurait consolé, Quelle l'aurait tenu dans ses bras. De son point de vue, elle se serait même fait violence. Elle était si supérieurement raciale qu'immédiatement elle se serait retournée de mon côté. Comme pour chercher chez moi un quelconque appui. Un quelconque soutien. Soutien que notre éducation alors toute germanique nous refusait. Kriemhild, mon amour, tu me manques tant !

Je me dois tout de même de parler des autres dans le camp. La vie s'y déroulait comme dans tous les autres camps. Avec cette approche si réelle de la mort. Cette idée si physiquement présente de l'odeur de la mort. Les prisonniers eux-mêmes se nommaient chaque nouveau lever de soleil, les survivants d'une aube nouvelle. Je n'ai aucun détail à vous donner sur telle ou telle expérience vécue par tel ou tel survivant. Je sais seulement ce que le rabbin accepte de me rapporter. Quand les êtres qui viennent prennent pleinement conscience de l'existence d'un tel lieu, ils acceptent alors leur déshumanisation immédiate. Ils se disent qu'il s'agit de leur unique chance de survie. Ils se doivent de redevenir cet animal qui est caché en eux. Pourquoi, me direz-vous ? Mais, car les plus forts écrasent les plus faibles, c'était comme ça, la vie au camp. Je devrais dire cette antichambre de la vie. Des témoignages plus difficiles à entendre les uns que les autres parvenaient à moi sans que j'y puisse quoi que ce soit. Je recevais après tout mes ordres de bien plus haut que moi. Je dois vous faire comprendre que ce fut mon unique soulagement. Je ne portais pas seul la responsabilité de tout ça. J'ai obéi aux ordres. Ça peut vous paraître inacceptable pourtant, personne n'y peut plus rien, aujourd'hui. Je ne portais pas seul la responsabilité des pratiques que j'autorisais. Comme l'esprit de l'homme est complexe.

Je me suis souvent déplacé à l'intérieur du camp. J'étais si désireux de connaître les autres, que les gardes eux-mêmes percevaient ce qui m'intéressait. Je souhaitais les rencontrer. Je sentais ce besoin de me rapprocher d'eux. Ils n'étaient pas beaux à voir, je le concède. Et pourtant, j'éprouvais une curiosité morbide auprès d'eux. De nos jours, une vision semblable serait des plus choquantes. Cependant, en ces temps-là, nos vues semblaient filtrées. Où aujourd'hui, on perçoit des corps faméliques et dénués de chair ; en mon temps, on touchait la banalité du mal avec la plus extrême franchise. Qui donc allait se soucier de ces carcasses vides ? Le Führer lui-même ne l'avait-il pas rappelé à ce journaliste américain de 1943 ? Qui aujourd'hui se soucie du génocide des Arméniens ?
Je ressens par moment cet intérêt du corps maigre. Kriemhild ne l'était pourtant pas. Mais Kriemhild est un autre chapitre de l'histoire de mes pensées. Kriemhild est Kriemhild. Je cherchais à retrouver l'âme par delà la maigreur du corps. J'aimais à les voir marcher. Leurs corps si amaigris offraient une légèreté et une grâce semblable à une danse. Ils ne marchaient pas devant moi, ils virevoltaient. Me frôlaient tels

des esprits emmurés dans des corps qui ne sont déjà plus les leurs. Que je trouvais plaisante leur présence, apaisante et belle. Je me sentais des leurs et pourtant je n'aurais accepté leur place pour rien au monde. J'étais devenu le chef d'un orchestre d'âmes que je dirigeais à ma guise. Il est fort bon d'être supérieur devant l'autre. On ne le regarde plus de la même manière. Un brin de pitié. Un brin de mépris. Mais comment donc avez-vous pu naître inférieur ? Beaucoup de suffisance. Le tout saupoudré d'une volonté humaine acceptée par la plus terrible force qui soit, la force du nombre. Car, quand on est le maître et que les prestances supérieures vous prient de le rester, comment, et surtout pourquoi, voulez-vous que l'on se rebelle ? Nous étions les gentils. Les nobles. Nous aimions certaines vies du camp de la manière que l'on préfère telle ou telle autre race de chien ou de tout autre animal.

Dansez, âmes misérables ! Ames perdues, dansez donc autour de moi ! Je ne vis que par les puissantes douleurs et souffrances qui sont vôtres. Un squelette qui tombe ? Un autre qui se relève. La folle farandole des âmes sacrifiées. Tel est le titre de ce nouveau concerto qu'il me plaira alors de vous voir composer. Vous êtes entre mes mains. Mes doigts tirent les ficelles de vos existences chétives. Je deviens marionnettiste. Cette petite fille qui s'approche. Elle est jolie. Elle semble m'apprécier, elle me sourit.

- Mes respects, commandant Heinrich. Maman me dit que vous allez bientôt nous délivrer ? Est-ce vrai ?
- Mon enfant, ma princesse, je ferai tout mon possible pour te rendre ce séjour agréable. Tu sais que je porte un profond respect à ton peuple. Je discute souvent avec le groupe de pratiquants auquel j'accorde d'ailleurs nombre de libertés devant moi.
- Oh ! Je le sais bien, commandant Heinrich. Vous êtes si bon avec nous. Tu vois bien, Rebecca, que j'avais raison. Il est le commandant du camp. Il nous aime. Il va nous aider.

- Voyons, Judith. Comment peux-tu le croire ? S'il le pouvait, il te ferait couper la tête devant ses généraux. Devant nous tous, d'ailleurs.
- Ne sois pas si dure envers moi, petite fille. Je suis sincère dans mes propos. Tu n'as donc pas confiance en moi ?
- Mais oui, Rebecca. Tu ne te rends pas compte des efforts qu'il peut fournir pour nous rendre notre séjour agréable.
- Je n'ai pas confiance en lui, Judith.
- Excusez-la, commandant Heinrich. Je suis persuadé qu'elle ne croit absolument pas les horreurs qu'elle nous raconte.
- Elle te raconte donc des horreurs sur mon compte.
- Pas seulement sur votre compte. Sur…
- Mais tais-toi donc, petite sotte. Tu mets ma vie en danger.
- Mais voyons, Rebecca. Le commandant te protégera.
- Je crois surtout qu'il est bien tard. Maintenant qu'il sait.
- N'est-ce pas, commandant Heinrich, que vous allez la sauver ? Promettez-le-moi.
- Je te promets de faire tout ce qui est en mon pouvoir pour lui éviter une souffrance inutile. Vous pouvez aller jouer, mes enfants.

Il m'est pénible de devoir trancher sur le vif. Maudites décisions précipitées et que j'ai souvent dû prendre. Combien de morts inutiles ont-elles donc engendré ? Je n'avais pas d'autres choix. J'aurais voulu sauver la petite Judith. Cependant, en précipitant son amie Rebecca vers la mort, je me protégeais. Je devais les évacuer toutes les deux et rapidement. La petite Judith n'aurait pas compris mon incapacité à délivrer sa camarade des portes de l'enfer.

- Gardes, vous veillerez bien à vous occuper de ces deux petites là-bas. D'ici demain, elles devront être parties.
- Très bien, commandant. Nous exécuterons la tâche discrètement. Elles ne se douteront de rien. L'une d'elles vous sourit. Allez-vous lui répondre, commandant ?

La petite Judith se montra tout sourire avec moi. Quel dommage que je ne puisse la garder. Près de moi.

- Voyez-vous, garde. La responsabilité qui est mienne. J'ai de la peine pour cette enfant et cependant, je précipite sa mort.
- Ne soyez pas si dur envers vous-même, commandant. Vous ne faites qu'exécuter des ordres.
- Je vais tâcher de m'en convaincre davantage. Merci, garde.
- À vos ordres, commandant. Si je puis me permettre. Je comprends votre douleur. Je vous envie, parfois.

Mais où est donc passée ma certitude allemande ? Je poursuis mes déambulations autour des survivants. Je suis pensif devant eux, ils s'en rendent bien vite compte. D'ailleurs, je les entends presque.

- Mais que cherche-t-il donc, parmi nous ? Ne nous fait-il pas suffisamment de mal comme cela ? Prend-il plaisir à nous voir souffrir de la sorte ?

Si seulement je pouvais leur répondre. Voilà bien ce que je leur dirais :

- Je vous fais horreur et vous me faites pitié. Voilà bien donc nos extrêmes dignement confrontés. Je marche autour de vous, je pense à vos souffrances. Vous hurlez derrière moi, votre manque de pitance. Je vous vois donc partir dans une extrême tristesse. Je ne l'empêche pas, Seigneur Dieu, quelle bassesse ! Voir tous ces enfants, tous ces vieillards aussi, s'engouffrer rapidement au son de l'infamie. Je suis le tueur, je suis l'Allemand. Mais qu'y puis-je à présent, je reste le commandant.

- Bonjour, commandant Heinrich. Toujours dans vos pensées ?
- Je suis désolé. Je ne vous connais pas. Vous êtes nouveau ?
- On peut le dire de cette manière. L'air reste frais malgré vos actes laborieux. Ce mélange subtil de désinfectant et de fumée épaisse nous laisse un espoir d'avenir pour la terre. Pour mon peuple, c'est une autre histoire.
- Vous semblez intelligent. Seriez-vous docteur ?
- Je l'étais. En mon ancien temps. Mais laissez-moi me présenter. Je suis le docteur Hilberg. Autrefois, j'étais reconnu comme un éminent spécialiste.
- Vraiment ? Et de quoi ?
- De ce que je n'ai pu empêcher de se produire. Votre Führer a commencé jeune ses pérégrinations. Vous pouvez être fier de lui, à présent.
- Croyez-le ou non, je ne le suis pas.
- Je vous crois sincère, commandant. Qui aurait pu prédire tout cela ?
- Ainsi, vous étudiiez la venue de notre Führer ?
- La venue ? Vous le placez de fait à l'échelon du divin.
- Je sais, oui. Vous attendez également une venue. Une de toute autre nature.
- Voyez-vous, commandant. En ce lieu, l'espoir d'une venue n'est plus de mise.
- Pourtant le groupe de religieux, là-bas. Il y croit encore. Pensez-vous qu'ils attendent inutilement ?

- Je crois surtout, commandant, que s'il reste un espoir même infime à l'homme, il se doit de s'y accrocher. Vous comprendrez à quel point la vie peut sembler importante, dès l'instant où vous la quitterez.
- Il y a toujours eu de beaux parleurs au sein de votre peuple. Êtes-vous de ceux-là ?
- Je tâche de ne plus trop parler désormais, commandant. Une langue parfois fait plus de mal qu'une balle ou bien une épée.
- Me haïssez-vous ? Soyez franc avec moi.
- Je vous plains, commandant. Surtout si vous parvenez à trouver du plaisir dans ce que vous faites. Si tel n'est pas le cas, alors, je vous plains doublement.
- Que pensez-vous que je puisse faire, à présent ?
- Je ne suis qu'un inférieur à vos yeux, commandant. Mes conseils de victime ne sauraient se porter sur vos épaules de bourreau.
- Pourquoi faut-il donc que je me montre si patient envers votre peuple ? Je vous trouve bien suffisant, Herr Hilberg.
- Pardonnez-moi, commandant. Mais j'ai du mal à accepter vos états d'âme. Vos souffrances ? Ces deux petites filles avec lesquelles vous preniez plaisir à discuter, commandant. Avez-vous eu le courage de leur annoncer leur fin prochaine ?
- Vous nous avez entendus ? Le garde et moi-même ?
- J'ai deviné, plus qu'entendu. J'ai remarqué aussi votre désarroi devant la petite main tendue. Devant le sourire angélique de ma petite fille.
- Que me dites-vous là ? La petite Judith ?
- Elle vous a dit son prénom. C'est encourageant. Elle, si timide. Elle, qui se confie si peu.
- Je…
- Allons, commandant. Ne soyez pas gêné. Je perçois une légère couleur monter le long de vos joues. Vous êtes de la race supérieure, après tout. Non ?

- Je n'en suis plus très sûr, à présent.
- Commandant Heinrich, faites ce que vous pouvez pour sauver ceux ou celles que vous pourrez. Seulement, de grâce, restez à votre place. Mon peuple a encore besoin de vous. Lorsqu'il vous voit déambuler parmi nous, il garde confiance. Dans l'absolu, vous êtes préférable à un autre.
- Je préfère vous laisser maintenant, Doktor Hilberg.
- Faites donc, commandant. Vous ne pouvez sauver ma petite fille certes, mais je vous saurais gré de poursuivre vos promenades parmi nous. Vous restez malgré tout, le seul attachement visible et encore noble d'une Allemagne que nous connûmes jadis.

Je dois conserver par le biais de ces écrits le souvenir de cet homme. Qui mieux que lui est capable de m'enseigner la notion de pardon ? Herr Doktor Hilberg, quand votre Messie viendra, efforcez-vous de plaider en ma faveur. Soyez mon avocat.

IV
Siegfried

- Commandant. Un message vient d'arriver par voies de communication. Votre femme et votre fils ne sauraient tarder. Ils ont suivi un passage ordonné par nos soldats. Ils devraient être là d'ici une demi-heure.
- Je tâcherai de les recevoir selon leur mérite. Merci.

Le garde s'est retiré. Il me restait de nombreux détails à régler alors. Des problèmes mécaniques ralentissaient le bon ordre de nos prestations. Tantôt une voie d'évacuation que l'on ne pouvait réparer à temps. Il fut bien demandé aux quelques ingénieurs et autres techniciens survivants d'y mettre bon ordre, seulement, je m'aperçus que le zèle au travail venait parfois à leur manquer. Espérait-il ainsi retarder quelque peu le bon ouvrage ? Je le leur répétais pourtant sans cesse : « **Arbeit Match Frei** ». Tantôt, les voies d'entrée vers les douches elles-mêmes saturaient de par le nombre. Nous étions perpétuellement accablés par ces difficultés journalières. Nous étions confrontés à de véritables goulets d'étranglements, et les débits qui circulaient alors n'étaient pas à la hauteur de nos espérances.

- Que devons-nous faire, commandant ? Si nous ne mettons pas les statistiques à jour, nos supérieurs risqueraient de se poser nombre de questions sur notre zèle ?

- Vous avez raison. Mais, nous n'avons pas d'autres choix que de ralentir la cadence. Le mieux est l'ennemi du bien, ne l'oublions pas. Faisons de telle sorte que le ralentissement des files ne soit pas trop perçu. Usez si nécessaire de moyens plus limités, plus pratiques. Demandez donc aux autres gardes d'épurer les files, manuellement. Dans la confusion des actes, on ne tiendra pas compte de nos difficultés.
- Oui, commandant. Qu'importe que la machinerie défaille ! Nous parachèverons l'œuvre, à mains nues, si nécessaire.

Enfin, j'entendis la voiture. Je retrouvai le sourire.

- Je vous laisse, commandant. Sachez Profiter de ce bonheur qui est le vôtre, vous le méritez. Vous travaillez si dur.
- Heinrich, mon être. Tu es dans ton bureau ?
- Papa ! Papa !

C'était mon petit Siegfried. La porte de mon bureau s'ouvrit alors et, récompense suprême de mes efforts, il s'offrait là, devant mes yeux. Quelle joie que d'avoir son assurance familiale près de soi ! Ma reine Kriemhild se tenait au seuil de la porte. Quelle joie pour moi que de voir cette perfection faite femme, et qui était la mienne. Et mon fils ? Je pourrais passer de longs moments à vous décrire chacun de ses traits, mais à quoi bon. Je préfère vous le laisser imaginer. Quand le sourire de Siegfried se créait afin d'illuminer mon bureau, nous quittions alors le camp et ses alentours. Je me retrouvais dans un jardin baigné par les rayons du soleil et le parterre de fleurs qui s'humiliait sous nos pas confortait mon idée si certaine et si assurée de notre bonheur allemand. Siegfried n'était pas seulement mon fils, il était le fils de l'Allemagne. Il était Thor, le fils d'Odin. Il pouvait, s'il le désirait, tenir l'univers au creux de sa main. Il était plus fort qu'Atlas. Elles pouvaient toutes bien venir, ces divinités autres. Elles pouvaient toutes bien chercher à supplanter la gloire guerrière d'Odin et de ses Ases. Le Christ lui-même, misérable d'ailleurs de par sa naissance juive, n'aurait pu espérer une âme si pure. Quant au Dieu humilié des Hébreux, que pouvait-il faire ? Le pauvre. Lui qui choisit des nomades pour assurer sa parole, quelle bêtise fit-il, alors ! Avait-il seulement idée que son combat était voué à l'échec le plus total ? Que pouvait ce misérable Dieu de bergers face à notre glorieuse armée céleste ? Kriemhild me rejoignait souvent dans mes rêves. L'Empire devait durer mille ans. Je ne faisais que devancer de peu mon bonheur futur. Il m'est toujours pénible de revenir aux réalités du moment.

- Eh bien ! Commandant Heinrich ! On n'embrasse plus sa femme ?
- Pardonne-moi, ma divine. Seulement certaines de mes tracasseries administratives ne sauraient attendre. Je te rejoins au salon.
- Comme tu veux, **Mein Herr**. Je jouerais donc mon rôle de parfaite épouse de l'Empire pour toi. Mais ne tarde pas trop. Autre chose, mon âme. J'ai appris à faire des œuvres cousues de mes propres mains, et très intéressantes. C'est Ilda, la femme de Günther, qui m'a initié. Mon frère. Tu te rappelles, au moins. Vu la position de ton poste, Je ne pense pas manquer de matière. Je t'embrasse, mon cœur.

Kriemhild aimait à se jouer de moi. La position de femme dans l'Empire était un rôle qui lui convenait à la perfection. Elle se sentait posée. Fière qu'elle était que d'être ce qu'elle était. Tout comme moi. Moi qui étais si fier d'être à ses côtés.

- Siegfried, mon fils. Viens me voir. Je désirerais te parler de quelque chose.
- Oh ! Papa. Quelle joie pour moi, que celle de te voir. Maman ne cessait de me rappeler combien tu pouvais

être occupé. Quelle gloire pour notre Empire tu représentes ! Si tu savais ! Ma seule peine à ce jour est d'avoir dû quitter l'ensemble de mes camarades et...

- ...justement, Siegfried. Je sais que je ne pourrais t'accorder le bonheur que tu mérites. Seulement, je veux te faire un cadeau...

- ...oui, père. Un cadeau ?

- Un petit garçon avec lequel tu pourras jouer. Bien sûr, il n'est pas de ta condition, mais qu'importe. Tu vas traverser des moments difficiles, Siegfried. Tu connais ma charge de travail...

- ...oh ! oui, père. Tout le monde en ville ne parle plus que de ta glorieuse réussite. Tant de papas de la ville auraient voulu te ressembler, ils...

- ...Siegfried, tu vas avoir un nouveau camarade. Il s'appelle Ezra.

- Ezra ? Je ne connais pas ce prénom.

- Je le crois bien, Siegfried. C'est un petit enfant juif, mais...

- ...un enfant juif ? Je ne comprends pas. En ville, on ne cesse de nous rappeler le danger qu'il peut y avoir à fréquenter des Juifs et...

- ... tu dois rester prudent dans tes jugements, Siegfried. Tu te rendras bien vite compte qu'il n'est pas si différent de toi. Toutes proportions gardées, bien entendu.

- Oui, père. Je t'obéirais.

- Fort bien, je le fais mander. Garde, que l'on m'amène le fils du rabbin.

- Oui, commandant.

- C'est quoi, un rabbin, papa ?

- Approche Ezra. N'aie pas peur. Laisse-moi te présenter Siegfried, mon fils.

- Votre fils est fort beau, commandant. Vous devez en être fier. Il...

- ...Oh ! Papa. Ne me laisse pas avec lui. J'ai peur.

44

- Bonjour, Siegfried. Tu n'as aucune raison d'avoir peur de moi. Tu vois ? Nous avons le même âge.
- Je n'ai pas confiance en toi. Tu es Juif et…
- …oui, c'est vrai. Je suis Juif. Je suis bien le fils de mon père.
- Écoute, Siegfried, montre-lui qui tu es. Dresse-le.
- Ezra, je te le confie, mais attention. Siegfried est une âme fragile, ne le malmène pas.
- Je ferais mon possible pour lui rendre son séjour agréable, soyez sans crainte, commandant. Après tout, n'est-il pas de votre sang ? Nos vies ne dépendent-elles pas de son bonheur ? De son bon vouloir ?
- Tu es bien le fils de ton père, toi !
- Nous sortons, commandant. Nous tâcherons de ne pas trop vous importuner. Tu viens ? Âme fragile !

J'aime à percevoir chez Ezra ses petits sarcasmes, il me montre sa volonté de vivre. Il sera un bon professeur pour mon Siegfried. Je tâcherai de leur offrir davantage de moments, possibles bien sûr. Je vais limiter la charge de travail du petit Ezra. Siegfried ne doit pas s'apercevoir de ses difficultés journalières. Il n'acceptera pas d'être heureux si jamais, dans les yeux d'Ezra, une petite lueur de bonheur ne se dessine. Je le connais. Le bonheur, après tout, ne vaut-il pas que s'il est partagé par tous ?

- Dis-moi, Ezra ? Pourquoi es-tu Juif ?

Tout en marchant vers l'extérieur du bâtiment, Siegfried tentait une première approche.

- On ne choisit pas ses parents, Siegfried, ni sa famille. On ne fait que reprendre un fil conducteur déjà tissé depuis bien des générations avant nous. Notre seul espoir d'existence réside en la protection filiale et générationnelle de ce fil conducteur.

45

- Je ne comprends pas tous les mots que tu emploies, Ezra. Tu veux me montrer combien tu es intelligent ?
- Non, Siegfried. Rassure-toi. Votre race supérieure est bien au-dessus déjà de nos pauvres et mièvres doutes quant à l'existence de la vie, nous passons notre vie à chercher.
- Ah ! Et à chercher quoi ? Nous n'avons pas besoin de chercher, nous ! Nous sommes la race supérieure. Tu viens de me le dire.
- Qu'ai-je donc dit ?
- Je ne comprends pas.
- Ne t'inquiète donc pas, Siegfried. Je te donnerais tout ce que je possède pour t'expliquer. Pour te combler.
- Merci, Ezra. Nous aurons le temps de vivre, toi et moi, ensemble.

Ezra et Siegfried se sont ainsi souvent promenés. Il était même curieux de les percevoir par instants. On entendait les cris qui venaient du camp, on savait bien qu'il s'y passait des choses. Si j'avais été enfant comme eux, je m'en serais vite aperçu. Les gardes eux-mêmes trouvaient par moment leur position surréaliste. Alors que de si nombreux enfants s'en allaient vers la mort via les portes de l'oubli, alors que les fumées du camp ne leur laissaient aucune autre chance que ces colonnes brunies, on prenait bien soin d'éloigner ces deux enfants-là qu'étaient Ezra et Siegfried. Les gardes faisaient tout leur possible pour que ces deux âmes ne puissent jamais se douter de ce qui se passait de l'autre côté. Nous jouions surtout cette comédie pour mon fils. Ezra vivait dans le camp, on ne pouvait donc pas lui mentir. Mais Siegfried ? Comment son innocence d'enfant des villes aurait pu interpréter ces visions toutes droit sorties de l'enfer de Dante ? Aurait-il pu supporter de voir ces colonnes de morts vivants s'en aller vers leur destinée ? Je vivais ma vie sur le fil du rasoir. Je cherchais par tous les moyens d'organiser de la manière la plus méthodique qui soit la tâche qui m'était due. Mais d'un autre côté, je devais montrer à Siegfried combien je pouvais rester l'officier respectable qu'il rêvait tant de devenir un jour. Ezra et Siegfried se sont souvent assis sur le bord du gazon, du moins, de ces minuscules parcelles encore existantes.

- Tu ne trouves pas, Ezra, que l'odeur qu'il y a près du camp est mauvaise ?
- Je trouve surtout que l'attitude générale de nos gardes l'est.
- Pourquoi vous gardent-ils ? Désirent-ils faire quelque chose de vous ?
- Ce que l'on fait de nous Siegfried, est déjà désiré et décidé jusqu'au dernier barreau de l'échelle.
- Je ne comprends pas : combien de temps allez-vous donc rester enfermés ? Vous ne pouvez pas dire à ceux qui vous gardent les difficultés qui sont vôtres ?
- À quoi bon, Siegfried ? Les gardes eux-mêmes ont compris l'ampleur de nos difficultés. Nous leur posons un problème suffisant comme cela.
- Mais comment donc, pouvez-vous vivre avec cette odeur ? Mais d'abord, qu'est-ce que ça sent ?
- Ça sent la mort ?
- Ah ! Et la mort de quoi ? On brûle quoi ?
- On brûle une partie de l'histoire de ce pays. Vois-tu, Siegfried, il m'est difficile de te faire comprendre cela. Tu accepteras plus tard ce fait d'avoir assisté à une période très importante de l'histoire de l'Allemagne. Une Allemagne Nouvelle naîtra alors des cendres de l'ancienne.
- C'est grand ce que tu me dis-là, Ezra. Je me sens fier de te savoir à mes côtés. Je me sens fier de te savoir Allemand, tout comme mon papa, et tout comme moi. tu verras, mais plus tard, nous reparlerons de ces instants passés ensemble, et alors, on en rira.

- Oui, Siegfried. Fasse que l'avenir du monde puisse de nouveau nous apporter le sourire. Le rire, pardonne-moi, sera un luxe que nous nous offrirons encore plus tard.
- Je t'aime bien, Ezra. Tu n'es pas de noble race allemande comme moi, mais je t'aime bien. Avec de la patience et du travail, tu pourrais presque ressembler à un enfant du peuple.
- Merci de tes compliments, Siegfried. Mais j'ai bien peur que le temps ne vienne à me manquer.
- Tu n'es donc pas heureux avec moi ? Tu voudrais déjà partir ?
- Pour ce qui est de mon départ, Siegfried, j'ai peur qu'il ne s'agisse d'autre chose. Je ne suis pas maître de ma vie.
- Ne t'inquiète pas, Ezra. Je suis le fils du commandant. Mon papa est un homme juste et droit. Il a hérité de l'éducation de mon grand-père, déjà officier avant lui. Vois-tu, Ezra ? L'armée est à ma famille ce que le Führer est à l'Empire.
- Comme je te comprends, Siegfried. La pratique religieuse est à ma famille ce que mon Dieu est à mon peuple. Voilà des siècles que nous ne cessons de pratiquer ses commandements.
- Que ton Dieu est drôle, Ezra ! Les dieux de l'Empire sont, quant à eux, de nobles guerriers, nous vivons sans commandements. La gloire du plus fort se fait ressentir dès que des noms comme Odin, Thor, Loki, nous sont prononcés. Ah ! Si tu savais, Ezra ?
- Je le sais déjà, Siegfried. L'intérieur du camp ne cesse ne de nous le rappeler, combien vos dieux sont puissants et guerriers.
- Et comment ? Écoute le marteau de Thor : quel noble son à nos oreilles ! Mais écoute donc, cela vient du camp.
- Je l'entends, Siegfried. Dommage qu'il ne résonne qu'aux oreilles humiliées de mon peuple. Vois-tu

Siegfried ? J'aurais aimé connaître tes dieux, seulement, j'ai peur que ma présence ne les dérange.

- Voyons, Ezra. Comment un petit Juif comme toi pourrait déranger une cité comme Asgard ?
- Où est Asgard, Siegfried ?
- Bien au-delà des colonnes de l'Empire, bien au-delà des limites du monde.
- Rêves-tu d'y aller un jour, Siegfried ?
- Quand je serais mort, oui.
- Tu es donc pressé de mourir, Siegfried.
- Je sais seulement que je dois attendre encore un peu. Pour rejoindre le Walhalla, je dois accomplir un acte héroïque.
- Je te le souhaite, Siegfried. To cœur est jeune d'existence, cependant, je le sens pur et sincère.
- Allons voir Asgard, Ezra. Ensemble.

Ils continuèrent donc de marcher. De la même manière qu'ils avaient plaisir à converser, ils purent trouver des chemins d'entente. Mon Siegfried ne rêvait que de gloire et de lauriers ; Ezra, quant à lui, n'apportait que la dure réalité des actions coutumières de l'Empire. Cependant, je persistais à laisser Ezra aux côtés de mon fils. J'avais trouvé en ce petit enfant juif un élément à décharge vis à vis de moi-même. Les conditions d'existence de Siegfried ne devaient en aucune manière me déranger dans mes tâches journalières. Je savais que je n'avais aucune crainte à avoir tant qu'Ezra serait à ses côtés.

- Si tu me parlais un peu de ton père, Ezra ?
- Il y a peu à dire. Mon père est le rabbin de notre communau…
- …oui ! C'est quoi, un rabbin, Ezra ?
- Un rabbin est un homme que l'on écoute. Il a des relations personnelles avec Dieu et…

- ...lui tout seul ? Comme c'est triste ! Toi aussi, alors, tu veux seul avoir des relations personnelles avec ton Dieu ?
- Les choses ne sont pas aussi simples, Siegfried. Bien sûr que le reste de mon peuple peut discuter avec lui, seulement, on préfère écouter le rabbin car il l'a étudié.
- Donc, tu étudies ton Dieu. Comme c'est curieux ! On n'étudie pas Odin. C'est un homme de guerre, on le respecte. Je doute d'ailleurs qu'il sache écrire.
- Ton innocence m'amuse, Siegfried, Cependant, c'est peu être toi le plus sage.
- Il paraît qu'écrire apporte plus de savoir dans le cerveau d'un homme. Il se sent plus fort.
- C'est exact, Siegfried. Un de nos maîtres nous l'a enseigné. Celui qui poursuit ses études augmente sa sagesse, et, par conséquent, allonge sa vie.
- Ce doit être beau. Mais quand je vois les gens qui lisent à la ville, je ne les sens pas heureux. Ils mettent des mots dans leurs têtes et pourtant, ils demeurent tristes.
- C'est encore exact, Siegfried. Un de nos rois nous l'a enseigné. Celui qui augmente son savoir, augmente aussi sa douleur.
- Je ne comprends plus. Tantôt, il faut étudier car cela apporte la joie et le bonheur, tantôt il ne le faut pas car à trop étudier, on devient malheureux. C'est donc ça que t'enseigne ton Dieu ? Dis-moi, Ezra ? Es-tu triste ou bien heureux ?
- Le bonheur de vivre, Siegfried, cela passe d'abord par la compréhension de nos fautes passées. Nous sommes autorisés au bonheur dans la mesure où nous avons accepté les douleurs anciennes. De ce fait, nous sommes invités à les étudier, pour ne pas les renouveler.
- Tu es différent de mes autres camarades, Ezra. Je pense qu'ils ne t'auraient pas aimé. Tu les aurais bien vite ennuyés.

- Mais toi, Siegfried ? Est-ce que je t'ennuie ?
- Tu t'en soucies uniquement parce que je suis le fils du commandant ? Et que mon papa t'a ordonné d'être gentil avec moi ?
- Pas seulement, Siegfried. Mais je perçois en toi la gravité de ces propos. C'est vrai, ma vie t'appartient, vas-tu l'abandonner ?
- Non, Ezra. Je suis le digne fils de mon père. Je suis noble dans ma race. Je me dois d'être noble dans mes actes, sinon, je ne pourrais jamais lui ressembler.
- Merci, Siegfried. Plus tard, tu comprendras l'étendue que peuvent avoir ces actes que tu pratiques chaque jour.
- Effectivement, Ezra. Je t'aime bien. Je n'ai donc aucune raison de dire le contraire à mon papa. Mais je maintiens : mes camarades se seraient bien vite ennuyés avec toi. Tu as de la chance que je sois Siegfried.

Les deux enfants s'éloignèrent au loin. Ils fuyaient un peu plus ces odeurs pestilentielles qui les incommodaient. Leur innocence peut dérouter une personne adulte, seulement, dans ce monde qui les entoure, il leur est préférable de ne pas trop s'approcher. Ces deux âmes devaient rester soudées car l'une ne pouvait aller sans l'autre. Ces deux perceptions innocentes de l'espoir devaient malgré tout perdurer, sinon, qu'aurait-il bien pu advenir de nous, alors ?

- Papa ! Papa !
- Qu'y a t il, mon Siegfried ?

Les deux âmes étaient déjà rentrées. Ezra continua ses allés et venues entre le camp et ma maison. Entre l'enfer et le paradis. Je remercie Ezra de jouer le jeu pour Siegfried. Je vois que Siegfried reste le petit enfant pur de la ville que j'ai dû laisser lorsque l'Empire décida de m'attribuer cette noble fonction.

- Papa, comme je suis heureux d'avoir Ezra pour ami ? Dommage que, par moments, il paraisse si triste. Dommage aussi qu'il ne puisse dormir ici, chez nous. Est-il obligé de rentrer tous les soirs ?
- Oui, Siegfried. Si jamais cela venait trop à se savoir, les autres enfants du camp demanderaient les mêmes avantages et privilèges que lui.
- Fort bien, mon papa. Tu es le commandant. Pourquoi ne le leur accordes-tu pas ?
- Voyons, Siegfried. Tu sais bien qu'il y en a beaucoup trop. La maison est bien trop petite. Il doit y avoir près de deux mille enfants dans le camp.
- Deux mille enfants ! Mais que font-ils ? Tu fais travailler des enfants ?
- Non, Siegfried. Ces enfants-là n'ont pas besoin de travailler, ils n'en ont pas le temps.
- Je ne comprends pas, papa. Tu me dis que deux mille enfants se trouvent à l'intérieur du camp et...
- ...d'ici la fin de la semaine, il y en aura beaucoup moins, rassure-toi. L'administration du pays se chargera d'eux.
- Tant mieux, papa. Je préfère ça, cependant, je me demande comment font-ils pour tenir dans cet endroit clos.
- L'administration leur a trouvé un moyen de partir, efficace.
- Dire que plus tard, je te remplacerai. Comme je suis fier de toi, papa !
- Heinrich, enfin. L'Empire se souvient malgré tout que tu es marié.
- Bonjour, Kriemhild. Tu vois, je poursuis l'éducation de ton fils.
- Je le vois bien. Je pose quelque doute sur les moyens que tu emploies mais pour l'instant, je me tais.

- Kriemhild, ma reine. Tu as des choses à me dire ? Tu penses que je m'y prends mal concernant l'éducation de Siegfried.
- Je pense surtout que cette idée saugrenue née dans ta tête et qui consiste à présenter Siegfried aux autres enfants Juifs du camp est bien discutable. C'est ainsi que tu penses éduquer les générations de la future Allemagne ?
- Mais, Kriemhild. C'est bien la première fois que je t'entends parler de la sorte. Tu crois sérieusement ce que l'Empire professe concernant la notion de race ?
- Il m'importe, je crois surtout ce que je vois. Tu es mon mari, Heinrich. Et je t'aime, encore. Tu as choisi d'être commandant dans ce camp, tu as choisi ta position. Si tu fais entrer dans le cerveau de Siegfried, dans le cerveau de notre fils des éléments perturbateurs, crois-tu sincèrement lui rendre service ?
- Papa, que dit maman ? Je ne comprends pas.
- Ce n'est rien, Siegfried. Juste une mise à niveau que nous pratiquons ta mère et moi, ensemble.
- Kriemhild, écoute. J'ai longtemps cru que notre travail consistait en la restauration de nos Empires passés, je suis sincère. Cependant, à mesure que le temps passe, je me demande honnêtement si...
- ...Je t'arrête, Heinrich. Je veux bien accepter le fait que notre intelligence supérieure puisse nous dérouter. Je veux bien croire qu'il puisse encore rester au plus profond de nous des souvenirs organiques et physiologiques de nos existences passées. Souvenirs qui nous rappellent des notions philosophiques anciennes, telles le pardon, la pitié, La moralité. Eh bien ! Heinrich. Tu...
- ...Mais tu me fais peur, Kriemhild. Tu n'as pas le droit de parler de la sorte. Tu es femme de l'Empire. Cette éducation si haute de vertu et qui est la tienne,

tu ne peux me faire croire qu'elle t'enseigne cela ? Kriemhild, reprends-toi, voyons !

- Te voila bien humaniste, Heinrich. Tu sembles oublier que, chaque jour, des centaines d'organismes génétiquement inférieurs se dispersent au vent. Et sur ton ordre, encore.
- Ne me le rappelle pas, Kriemhild. Tous les matins, quand je me lève, j'ai la nausée. Je…
- …Mais c'est à toi de te reprendre, Heinrich. Je ne reconnais plus mon mari. Obéir aux ordres supérieurs car membres de l'administration, c'est très bien. Mais qui croira tes dires futurs ? À qui espèreras-tu faire croire que tu ne connaissais pas les conséquences tout droit issues de tes ordres ? Et d'ailleurs, c'est quoi ces nouveaux doutes en toi ? Tu ne crois donc plus au règne millénaire de l'Empire ? Mais Heinrich, allons, après les Juifs, il y aura d'autres races. L'Empire a besoin d'hommes tels que toi. Je refuse de croire que tu discuterais les ordres du Führer. Je n'accepterais pas de rester ta femme dans ces conditions.
- Tu ne parles pas sérieusement, Kriemhild. Tu oublies Siegfried.
- Papa ! Pourquoi maman semble tellement en colère contre toi ? Je ne comprends pas votre dispute à propos des Juifs ? Que font-ils exactement au camp ? Tu me caches des choses, mon petit papa ?
- Kriemhild, je t'en prie. Modère tes propos. Siegfried ne doit pas savoir.
- Mais savoir quoi, papa ?
- Approche, Siegfried. Ta maman a besoin de…
- Kriemhild, maintenant ça suffit. Je suis son père, oui ou non ? Je t'interdis…
- …n'élève pas la voix contre moi, Heinrich. Je ne le tolèrerais pas.

- Siegfried, sors donc, va te promener. Va rejoindre Ezra.
- Mais oui, Siegfried. Va rejoindre ton petit Juif. Il saura te convertir, tant qu'il lui reste encore un peu de vie.
- Kriemhild ! Arrête maintenant !
- Fort bien, Heinrich. Je préfère garder de mon mari une image fière et noble. De quoi aurons-nous l'air devant tes employés si nous-mêmes, nous doutions.
- Kriemhild, de grâce. Tu sais le poids qui pèse sur mes épaules. Tu sais à quel point votre bonheur, celui de Siegfried et le tien me sont importants. Je te supplie de ne pas m'abandonner.
- Je ne vais pas t'abandonner, Heinrich. Je te l'ai suffisamment laissé percevoir. Je t'aime, mais encore. Seulement, vois comme la corde que tu tends semble fragile. Prends garde, Heinrich. Pour préserver le bonheur de Siegfried, sache que je suis prête à tout, même au pire te concernant.
- Papa ! Pourquoi maman parle-t-elle comme ça ? J'aime beaucoup Ezra, il le sait. Je ne comprends pas.
- Cesse de pleurer, Siegfried. Ne t'inquiète donc pas. Ezra ne craint rien...
- ...tant qu'il est avec toi, mon Siegfried.
- Kriemhild, s'il te plaît !
- Je vais tâcher de rejoindre Ezra. Il saura m'expliquer ce qu'il fait exactement à l'intérieur du camp. Il...
- ...Non, Siegfried. Tu ne dois pas savoir. Il ne le faut pas. Reste à la maison aujourd'hui, je préfère. Je vais accorder à Ezra une permission spéciale ainsi qu'à son père. Ils vont passer la fin de semaine avec toi. Gardes, faites en sorte qu'Ezra accompagné de son père aient une autorisation spéciale pour franchir les grilles du camp.
- Oui. À vos ordres, commandant.

- Merci, papa. Tu verras : Ezra et moi ne te dérangerons pas.
- Allons, viens, Siegfried. Laissons donc ton papa à ses lourdes responsabilités. Si tu veux continuer à être fier de lui, laisse-le travailler. Tu m'entends bien, Heinrich. Poursuis ton travail.
- Kriemhild. Sache que je ne t'en veux pas de penser ce que tu penses. Nos premiers instants de l'Empire sont si dantesques que l'ensemble des actions que nous pratiquons mérite effectivement discussion. Cependant, je veux garder confiance en ton jugement supérieur. Tu sauras faire la part des choses. Tu me le dois, tu es ma femme. Lorsque nous avons accepté de nous marier, tu tenais promesse de m'accompagner, pour le meilleur et pour le pire. Lorsque j'ai accepté ce poste au sein de ce camp, je ne l'ai fait que pour toi et pour la gloire de l'Empire. Je voulais que tu sois fière de moi. Je désirais me sentir protégé, apaisé par tes caresses, ton toucher. Je ne pouvais accepter ce fait qu'un seul instant, je puisse être éloigné de tes doigts. Comment ai-je pu à ce point me dérouter ? Pardonne-moi, Kriemhild. Si tu savais comme je t'aime. Si tu pouvais percevoir ma vision du bonheur, tu comprendrais bien vite mes si basses erreurs. Que peut bien représenter, la vie de quelques Juifs ? Que nos gardes transforment, qu'ils travaillent dans le vif. Avons-nous donc choisi, pour un acte semblable, d'user de tant d'efforts ? Suis-je donc condamnable ? Réponds-moi avec ton cœur, Kriemhild.
- Mon si pathétique et pourtant si Allemand, Heinrich. Te voila donc démasqué. Ombre de toi-même, fidèle à tes pensées. Tu œuvres pour le Reich dans le doute et la crainte, tu offres à ton Siegfried de douteuses étreintes. Qui crois-tu donc abuser par tes mots hypocrites ? Les gardes du camp eux-mêmes ne parlent plus que de fuites. Combien ça te ressemble, d'user de ton pouvoir ! Pour donner un espoir, à ces

âmes dans le noir. Tu leur fais ainsi donc travailler ta terre et tes jardins, mais tu ne leur accordes guère plus de l'utopie d'un chemin. Je retrouve donc en toi cette notion double, et je l'ose : c'est faire couler le sang et cultiver la rose. Je doute qu'ils t'apprécient, tu leurs mens si souvent. Un beau jour, tu perdras, jusqu'aux êtres de ton rang. Penses-y, Heinrich...

Kriemhild s'en alla donc rejoindre le salon. Une fausse rougeur apparente à ses joues m'a tout de suite montré qu'elle ne pouvait être cette personnalité si dure. Ce rôle qu'elle accepta de jouer, devant moi. Je me dois de le comprendre. Les femmes de l'Empire sont si concurrentielles entre elles. Beaucoup la jalousaient. Il lui était fort difficile malgré tout de prévenir l'ensemble des attaques qui lui incombaient. Pour moi, elle restait Kriemhild. Mais pour les autres femmes de la ville, elle était l'ennemie. Faire la belle devant des gens qui vous jalousent est un jeu où l'on ne gagne pas tous les jours. C'est l'ensemble de ces raisons qui me font accepter de la part de Kriemhild bien des écarts de langage.

- Papa, regarde. Ezra et son père sont arrivés.
- Merci de ta venue, rabbin. De la tienne et de celle d'Ezra.
- Avions-nous le choix ?
- Écoute, rabbin. Je désirerais que tu puisses rester quelque temps ici, avec Siegfried. Ezra et toi pourrez dormir dans le petit bâtiment à côté. On ne saurait vous déranger.
- C'est fort aimable de ta part, commandant. Mais je ne peux accepter. Tu t'en doutes. Tant de gens espèrent encore en moi, de l'autre côté.
- Je comprends, rabbin. Laisse-moi dans ces conditions ton petit Ezra. Siegfried se sentirait bien mieux s'il demeurait avec lui.

- Je te l'ai déjà laissé entendre, commandant. Tout ce qui pourrait rallonger d'une heure seulement la vie de mon fils, je l'accepterai.
- Dis-moi, Ezra : aimerais-tu partager ta vie avec nous, ici ? Plutôt qu'à l'intérieur du camp ?
- Accepte, mon fils. Ce que tu représentes à mes yeux est bien plus important que ce que les autres diront lorsqu'ils ne te verront pas rentrer avec moi. Profite mon fils de ces instants de joie que l'on t'accorde. Tu pourras ainsi bien mieux te recentrer. Tu te remémoreras mes propos, mes enseignements. Nos entretiens passés.
- Dis oui, Ezra. Nous pourrons continuer à parler assis sur le gazon. Nous comparerons nos dieux.
- Que penses-tu de la proposition de mon fils, Ezra ? Vas-tu la rejeter ?
- Non, commandant. J'obéirai à mon père. Je poursuivrai mes échanges avec Siegfried.
- C'est donc entendu. Une dernière chose, rabbin. Ne pars pas de suite. Il est tard. Tu rentreras demain. Passe cette première nuit avec ton fils dans cette remise, afin de le préparer.
- Je t'obéirai, commandant. Seulement, j'ai besoin tout de même de retrouver mes affaires de prières.
- Entendu. Garde, vous accompagnerez le rabbin afin qu'il puisse prendre ce dont il a besoin. Revenez vite.
- À vos ordres, commandant.
- Ezra, écoute, ne soit pas triste, ne t'inquiète pas pour moi. Pense à toi, et à toi, seulement. Qu'importe ce qu'on dira, de l'autre côté au camp. Tu dois vivre pour moi, mais aussi pour les tiens. Ne les abandonne pas, et préserve tes mains. Use donc de tes doigts pour écrire et transmets, que le monde futur puisse méditer ces faits. Accorde à nos victimes le maintien de leurs âmes, dans la mémoire de Dieu, pour nos cœurs, use de charme. Ne culpabilise pas

les grands comme les petits, mais qu'ils pleurent ensemble de nos maux dans cette vie. Quand tu seras grand, tu auras pris ma place. Tu jetteras au feu cette notion de race. Tu placeras en toi notre choix dans la vie, qui fut celle avant moi, la venue du Messie.

- Oui, père. Je porterai tes choix à mes enfants futurs, qui sauront marcher fiers mais sans raser les murs. Un nouveau monde naîtra, nous mènera vers la voie, qui fut la seule tracée, celle de l'enfant-roi. Pleurer sur le passé ne sera plus nécessaire. Nous pourrons travailler à un nouveau parterre. Ce sol du nouveau monde d'où poussera nos fleurs, soutiendra de lui-même notre si dur labeur. Quelle merveilleuse attente tu me proposes-là : faire de moi un maillon qui priera ici-bas. J'accepte tout de toi parce que tu es mon père, mais je ne l'oublie pas, la vie est éphémère.

- Tu viens, Ezra ? Nous allons comparer nos visions du monde.

- Je te suis, Siegfried.

- Rabbin, pour ce qui est de tes prières journalières et, afin de ne pas trop déranger ton fils, tu pourras utiliser mon bureau. Ce petit a besoin de dormir, après tout.

- Tu es bien bon de te soucier du sommeil de mon fils, commandant. J'aurais seulement espéré que celui des autres enfants du camp te touche à ce point.

- C'est surtout à mon Siegfried que je pense, rabbin. Si Ezra parait trop fatigué, Siegfried pourrait se douter de quelque chose.

- Oui, je comprends mieux commandant. Ezra sera donc frais et disponible, plein de vie et de joie au cœur pour que ton petit Siegfried puisse trouver en ce lieu une once de bonheur.

- Viens que je te montre mon bureau rabbin, avant que tu n'ailles chercher tes affaires.

- Je te suis, commandant. Je pourrai donc de mes yeux voir le lieu secret où naissent tes choix concernant l'avenir de mon peuple.
- Voilà donc, rabbin. N'est-il pas plein de quiétude ? Qui sait ? Ici, peut-être, ton Dieu silencieux sera à même de t'écouter.
- Je crois surtout que Dieu est à même de nous écouter où bon lui semble. Alors, pourquoi pas ici ?
- Siegfried à pour habitude d'ouvrir la porte fermement. Il aime à me faire des effets de surprise. Ne t'inquiète donc pas, rabbin, s'il venait à t'effrayer.
- Je ferai de mon mieux pour rester sur mes gardes, commandant. Si la charge déferlante de Siegfried se fait entendre dans le couloir, je m'accroche au bureau.
- C'est bien, rabbin. Ton humour me montre qu'un désir de vie est encore présent en toi. Mon petit Siegfried a besoin de savoir que la joie demeure encore au sein de cette maison. Bonne nuit, rabbin.
- Bonne nuit, commandant. La prudence de mes gestes et les bruits de mes pas se tâcheront discrets.

Le puissant cri de l'enfant apeuré s'est fait alors entendre. La voix de l'innocence qui perturbe et qui me glace d'effroi. C'est de Siegfried dont il s'agit, c'est de mon fils. Arrivé à mon bureau Siegfried me dit, les larmes aux yeux :

- Papa ! Des fantômes !

Il me montre du doigt le rabbin. J'avais oublié d'en parler à Siegfried. Lorsqu'il m'a quitté accompagné d'Ezra, Je n'ai pas eu le temps de le prévenir. Lui qui aimait tant courir à mon bureau tous les matins, je pouvais comprendre le choc qui fut le sien. Je m'approche alors de l'enfant. De mon enfant.

- Écoute, Siegfried. Ce n'est pas un fantôme. Il a probablement eu plus de peur que toi. Regarde, c'est le père d'Ezra…
- … mais papa ? Il porte un drap blanc. Il porte des chaînes noires au bras et à la tête. Et ce gros carré sur son front. C'est pour nous tuer…
- … Siegfried, mon être. Qu'est-ce qu'un fantôme ? Dis-le-moi.
- C'est un revenant. C'est une âme qui n'est pas morte et qui ne peut pas mourir. Elle est immortelle. On ne peut pas lui faire de mal. Mais lui ? Oui !
- Siegfried ! Calme-toi. Tu te rappelles être allé devant les portes du camp. Ne me dis pas le contraire. Un des gardes me l'a confirmé. Je t'y avais pourtant défendu…
- … mais papa ? Il y avait des garçons de mon âge, là-bas. Pourquoi ne puis-je donc pas jouer avec eux ? Ils avaient l'air si tristes…
- … Siegfried, reprends-toi. Tu es mon fils et tu te dois de garder une certaine distance d'avec ces enfants-là.
- Pourquoi ? Ce sont des fantômes eux aussi ?
- Il n'y a pas de fantômes, Siegfried. Seulement des personnes qui attendent…
- …ah ! Et elles attendent quoi ?
- D'être libérées.
- Mais papa, puisque tu le sais, pourquoi ne les libères-tu pas, toi ? Tu attends quoi ?

Je suis resté silencieux devant l'innocence de mon fils. Ses perceptions alors naissantes du bien et du mal diffèrent des nôtres. Peut-être que les adultes se posent-ils trop de questions, après tout ?

- Écoute, Siegfried. Va rejoindre ta maman. Justement, la voilà.

- Kriemhild, ma reine. Prends Siegfried avec toi. Il me déroute parfois.
- Viens Siegfried, mon être. Je vais te montrer comment coudre un abat-jour.
- Heinrich, mon chéri. Je pense que je vais manquer de matière. Pourrais-tu m'en procurer encore ?
- Je dirai aux gardes de t'en fournir du camp.

Durant tout ce temps que le rabbin était là, il écoutait. Je me suis retourné vers lui, il commença.

- Je suis désolé, commandant, je ne voulais pas effrayer ton fils. J'avoue avoir été surpris, aussi...
- ... Écoute-moi bien, rabbin. Si je t'ai autorisé l'accès de mon bureau, c'est uniquement parce que tu représentais ta divinité, seulement, n'abuse pas de ma bonté supérieure envers toi. J'ai estimé seul qu'une confrontation entre mes dieux guerriers et ton Dieu silencieux allait occuper mes soirées d'ennuie dans ce camp, mais si mon fils adoré doit prendre peur devant ton accoutrement, j'arrête, là.
- Cela ne se reproduira pas, commandant, je te le promets. Je serais plus discret lorsque j'invoquerai désormais mon Dieu silencieux.

Un brin de malice s'est dégagé de son œil. Je ne l'ai laissé que pour tenter de lui faire comprendre combien je pouvais demeurer juste.

- Fort bien, rabbin. Et que je n'entende plus parler de cette ridicule histoire de fantômes.
- Pourquoi, commandant ? As-tu peur des fantômes ?
- Ne sois pas ridicule, rabbin. Je suis bien trop intelligent pour y croire....

- …oui, commandant. Il reste une certaine forme d'intelligence en toi. Sais-tu pourquoi ton chancelier nous veut du mal ?
- Il m'importe. J'ai appris à ne pas discuter les ordres supérieurs. À commencer par ceux de mon Führer.
- Donc, ton fils nous prend pour des fantômes, c'est touchant, et tellement vrai. Ne sommes-nous donc pas tous des morts en sursis ?
- Ne dis pas de sottises, rabbin. Il t'a vu enveloppé de cette couverture blanche…
- …mon châle de prières ? Mon tallith ?...
- …peu importe. Il a vu ces lanières de cuir noir ridicules qui pendaient au sol, il a pris peur, c'est normal. N'importe quel autre enfant pur et raisonnable aurait agit de la même manière. Comment les enfants Juifs font-ils ? N'ont-ils donc pas peur de voir leurs pères ainsi vêtus ?
- Nos enfants, commandant, connaissent le poids de ces symboles. Nous les portons pour notre peuple, pour son souvenir, pour son Dieu silencieux…
- …plus pour longtemps, rabbin. Je sais des choses concernant l'avenir de ton peuple. Il appartiendra désormais au passé. Vous resterez la dernière illusion en d'archaïques croyances basées sur l'ignorance du moment. Notre nouvel Empire va apporter la lumière au monde.
- Oui, commandant, tu es le plus fort. Pourtant, je sens un certain doute en toi. Sinon, tu ne m'accorderais pas tant de privilèges. Je sais que certains dans le camp ont été sauvés à la dernière minute par ton bon vouloir. Pourquoi ?
- Ne m'interroge pas, rabbin. Je l'ai fait uniquement parce que je suis le digne successeur de mon père. Rien de plus. Dans notre élan de perfection supérieure et spirituelle, il nous arrive, à nous autres Allemands, d'être magnanimes.

- Magnanimes ?
- Où est ton Dieu silencieux, rabbin ? Si je n'étais pas magnanime envers toi, qui le serait ? Te sauverait-il ?
- Peut-être le fait-il en ce moment ?
- C'est-à-dire ?
- Merci, commandant. Je te rendrai éternellement grâce pour ta magnanimité envers moi et les miens.
- Je m'en vais rejoindre ma femme et mon fils. Ils ont besoin de moi, de mon amour, de ma protection. Sois discret en sortant, rabbin.
- Que mon Dieu silencieux puisse un jour te faire comprendre sa présence, commandant. Même aux plus terribles instants de notre existence, il nous regarde. Il pleure de nos maux. Tu es un homme intelligent, commandant. Par tes souffrances futures, tu te souviendras de ces instants, et surtout, tu te souviendras de moi.

V
Kriemhild

Ce salon dans lequel nous aimions tant converser Kriemhild et moi ressemble, et de façon experte, à cette architecture demandée par nos supérieurs. Épurée et nostalgique. Ce salon reflétait ce que nos cœurs refoulaient depuis tant de temps, un souvenir du passé de notre glorieux pays, de ses si belles régions. Je me souviens d'une remarque qu'Albert Speer fit un jour au Führer : il s'agissait de celle qui s'appliquait à ses « ruines de valeur ». Speer travaillait avec pour unique souci que, mille années plus tard, nos bâtiments en ruines puissent encore glorifier le troisième Reich. C'est toujours dans cet esprit que nos intérieurs de maisons ont été pensés. Tout reflétait la beauté mais aussi le paradoxe. À mesure que j'écris ces lignes, je le perçois davantage. Tout de rectitude, de droiture, de sobriété dans l'art. Tant de grands discours, de grands projets, de grandes envolées. J'espère que l'architecture prendra bien soin de mesurer l'ambition future de ses constructeurs zélés. On a fait un procès aux criminels de guerre, un procès aux médecins de cette guerre, un procès aux politiques de cette guerre. Verra-t-on un jour poindre un procès à l'art dans cette guerre ? Albert Speer a été jugé, mais son œuvre architecturale l'a-t-elle été ? Joseph Goebbels s'est fait justice, mais de son œuvre médiatique, qu'en est-il ? Nous avons peur de juger l'abstrait. Nous nous efforçons de ne juger que les praticiens qui y excellent.

Je me souviens encore de cette image que j'ai de Kriemhild, conservée. La pénombre du salon laissait apparaître une douceur de vie que jamais plus je n'ai connu alors. C'est à cet instant magique que j'ai pris conscience de notre fin prochaine. Sans se choquer de ses remarques, elle me rappela son besoin de matière.

- Heinrich, mon être ! Pourquoi refuses-tu de me faire plaisir ? Est-ce donc si difficile pour toi de récupérer quelques morceaux de ce que je te demande ? Comment vais-je apprendre à mon fils à bien travailler si toi, son père, tu te montres hésitant ? Penses-tu sincèrement que cette matière puisse représenter quelque chose pour toi ? J'ai confiance en toi, Heinrich. Mais par moments, je doute de toi vis-à-vis de notre Reich, de notre Führer. Je te sens craintif, voire compatissant ? Voyons, Heinrich, ta supériorité d'âme ne doit pas t'égarer à ce point. Lorsque tu chassais avec tes camarades d'école et que tu ressentais même cette fierté que tu m'as décrite, n'as-tu jamais eu de compassion envers ton gibier ? Comment puis-je rester fière de mon époux devant les autres femmes ? Il nous arrive d'être parfois cruelles entre nous, tu sais ? Vois, mon être. Je termine cet abat-jour péniblement. Bientôt, plus un seul morceau viable ne me restera. Je fais de mon mieux, Heinrich. Tu dois en faire de même.

Dans cette douce atmosphère, j'écoutais ses remarques. J'étais choqué, il est vrai, de ses pratiques inhumaines qui consistaient à coudre des fragments de peau les uns aux autres. Tout comme cette autre qui consistait à fabriquer des morceaux de savon. Kriemhild ne le percevait pas ainsi, mon dégoût frôlait néanmoins la folie. Je persistais à ne rien faire paraître à la mère de mon fils. Plus que de l'aimer, je vénérais Kriemhild. Je l'idolâtrais. Elle était ma gloire. Ma fierté d'appartenir à la race allemande, à la race supérieure. Et pourtant, je ressentais intérieurement la fin de tout ceci. Jamais Kriemhild ne m'aurait suivie dans cette voie et c'est seulement aujourd'hui que, pleinement, je le perçois. J'ai longtemps fait part de mes angoisses à cette entité mystérieuse que je ne percevais pas, à cette époque, j'étais encore trop attaché à mes illusions. Je devais effectivement tout perdre pour la retrouver de nouveau.

- Kriemhild, écoute. Je peux comprendre que ta position hiérarchique puisse t'amener à mépriser les êtres qui nous entourent mais, fais-moi ce plaisir : arrête donc ces pratiques d'un autre âge et dignes des hommes de la préhistoire. Tu ne me feras jamais croire que tu ressens de la fierté à les pratiquer ? Vois de quoi nous avons l'air devant les autres soldats du camp ?
- Heinrich, ne plaisante pas. Jusqu'à preuve du contraire, les gardes ne doutent que de toi. De toi et de personne d'autre. Je les entends parler à mots couverts derrière mon dos. Et par ta faute, Heinrich. Que cherches-tu exactement ? Tu peux me le dire ? Si tu penses que ce poste ne te convient plus, il faut faire en sorte de pouvoir le quitter dignement. Il ne faut absolument pas que cela puisse se savoir de l'autre côté du camp, même pire, à la ville.
- Je pense me tromper, Kriemhild. Toute cette administration de la mort que je dirige me déroute et par moments, je ne sais plus où j'en suis. Il m'arrive de m'enfermer seul dans un endroit clos et de m'isoler sur moi-même, de pleurer sur mon sort. Bien sûr, je connais ta réponse. Comment puis-je me plaindre alors que de l'autre côté du camp, on meurt si aisément ? Je suis désolé, Kriemhild, je ne ressemble pas aux autres gardes. Ils arrivent à pratiquer ce que moi, je me refuse. Quand je me promène dans les allées du camp, je ne peux jouer la personne

insensible. Les survivants l'ont vite compris, ils me demandent des faveurs que je ne peux leur refuser. Je me dois de penser aussi à Siegfried, je veux qu'il puisse marcher fier devant les gardes. Je veux aussi que les survivants puissent avoir pour lui une notion de bonté, une once de respect.

- Tu m'inquiètes, Heinrich. Je te pensais plus fort que cela. Penses-tu réellement que la vie de ces quelques créatures que tu tentes si pitoyablement de sauver m'émeut ? Tu penses sincèrement que je permettrais à mon fils de les fréquenter, voire de jouer avec eux ?
- Mais, Kriemhild, quand je t'ai vue devant le petit Ezra, tu ne paraissais pas si dure. Bien sûr que l'enfant a pleuré, cependant, je pense qu'il l'a fait davantage par défense pour lui-même en général que par la faute de ton comportement vis-à-vis de lui en particulier. Sois honnête, Kriemhild, j'ai remarqué une petite interrogation dans tes yeux.
- Si je t'ai parue sensible, Heinrich, c'était uniquement vis-à-vis de toi. Comment as-tu pu à ce point te détourner de ce droit chemin, et qui est le tien, dis-le-moi, Heinrich ? Que penserait ton noble père, déjà officier allemand avant toi, de tout ceci ?
- Mon père croyait en une Allemagne noble, Kriemhild. Jamais il n'aurait toléré une telle situation. Une abomination de ce type. Je me souviens d'un événement qui l'a fortement marqué. Cela s'est passé aux premières fondations de l'Empire, il a vu devant lui un jeune Juif qui s'est donné la mort et…
- … allons, Heinrich, des Juifs aujourd'hui, il en meurt chaque jour, et par centaines de milliers, encore. Je veux bien ne pas te faire porter la responsabilité de cette action, mais c'est moi qui t'en prie, tu dois faire en sorte de reprendre le dessus sur toi-même. Tu sais que notre dernier entretien a beaucoup perturbé Siegfried. Il me parlait même de vouloir retourner en ville.

- Tu ne lui as pas dit que cela était possible, j'espère ?
- Rassure-toi, Heinrich, je l'ai calmé. Mais je sais que tu te soucies davantage de la vie du fils du rabbin que de celle de ton propre fils.
- Kriemhild, comment peux-tu dire cela ? Siegfried est ma vie et il est ma joie.
- Si tu devais choisir, Heinrich ? Lequel des deux enfants n'hésiterais-tu pas à voir mourir ? Ton fils, Siegfried ? Ou bien Ezra, le fils du rabbin ? Mais les as-tu seulement vu, Heinrich ? Ils semblent tout droit sortis d'une gravure médiévale. Je n'ai pas vu d'accoutrements aussi grotesques depuis ces peintures que j'ai remarquées dans tes livres sur l'art ancien. C'est ce que tu désires pour ton fils, Heinrich ? Le voir vêtu ainsi ? Pourquoi pas de peaux de bêtes ?
- Kriemhild, voyons ! Le Siegfried de nos légendes n'en porte-t-il donc pas ?
- Ne plaisante donc pas, Heinrich, je suis sérieuse.

Combien j'aimais ma Kriemhild ! C'est en des instants de ce type que je me la remémore. Le manteau de la nuit délicatement tombe sur le camp et ses alentours et intérieurement, je me dis : assez pour aujourd'hui. Je ne dis pas que les survivants sont heureux. Mais les machines à tuer ont cessé leur labeur journalier et les vies qui en ont réchappé peuvent ainsi se dire : une journée de gagnée.

- Dis-moi, Heinrich, penses-tu que la guerre puisse être perdue pour l'Allemagne ? Je sens ce doute en toi et cela m'effraie.
- Regarde bien la situation de l'Empire, Kriemhild, sa position actuelle. Ne sens-tu pas dans l'air du temps comme une dévalorisation de nos croyances ? Les gardes que je croise au camp même, hésitent par moments.

- Ne te laisse donc pas abuser, Heinrich. Chaque fois qu'une nouvelle civilisation s'élève au-dessus des autres, elle commence par douter d'elle-même. C'est compréhensible. Nous sommes effectivement dans notre bon droit Heinrich, seulement, nos premiers instants d'existence sont obligatoirement hésitants. Vois un bébé lorsqu'il apprend à marcher : il titube, il trébuche, même, il sait cependant qu'il doit avancer dans sa tâche. Il apprend, il comprend, peut-être inconsciemment me diras-tu, que son devoir est de se poser sur ses deux jambes.
- Mais, Kriemhild…
- …Heinrich. Tu es un féru d'Histoire de l'humanité. Tu as donc bien lu dans tes ouvrages les si nombreux et si différents carnages des autres peuples de la planète. Ceux-là mêmes qui, je te le rappelle, viennent nous donner des leçons de dignité humaine. Veux-tu que l'on revienne sur l'Histoire de la France ? Sur l'Histoire de l'Angleterre ? Sur celle de l'Espagne ou bien, sur celle de ces nouveaux États prétendument Unis ?
- Kriemhild…
- Je suis fière de mon pays, Heinrich. Je suis fière de mon peuple et de sa race supérieure. Je crois en l'Empire, je crois au Reich allemand. Je veux être respectée dans ma dignité de femme de dirigeant, je veux être respectée dans ma dignité de femme, tout simplement. Tu n'as pas l'air de te rendre compte du poids de tes dérives, Heinrich. Nous sommes tel un colosse qui broie tout sur son passage seulement, souviens-toi d'Achille, Heinrich. Souviens-toi de la fragilité de son talon. Tu es le talon du Reich, Heinrich. Tu représentes une partie très importante de l'Empire. Plus importante encore que ce simple fait que l'on ne te voit pas te rend indispensable. Si toute la base fondatrice du Reich dont tu es un élément clef

vacille, Heinrich, alors, c'est toute la grandeur et toute la dignité de l'Allemagne que tu emportes avec toi. Tu me l'as souvent rappelé, Heinrich : je suis ta femme. Je t'aime comme jamais femme du Reich n'a jamais aimé avant cela. Je te veux pour ma gloire et ma souveraineté. C'est pour cela que je me dois de corriger tes quelques travers de pensées, tu dois durcir ton âme, Heinrich. La dernière fois que j'ai rencontré Ilda, elle paraissait soucieuse. Elle m'a laissé entendre que Günther semblait hésitant par moments dans son travail, pourtant, on ne peut pas dire que Günther ait les mêmes responsabilités.

- C'est qu'effectivement dans l'air du temps, Kriemhild, un souffle nouveau se fait sentir.

- Eh bien ! Je ne désire pas de ce nouveau souffle-là chez moi, Heinrich. Je ne le désire pas au sein de ma maison. De mon univers et de celui de Siegfried.

- Mon pauvre Siegfried ! Peut-être aurait-il mieux fait de rester en ville après tout ?

- Je pensais te faire plaisir, Heinrich. Je sais combien il peut être important pour toi de nous avoir à tes côtés. Je sais bien que tu ne préfères pas le fils du rabbin. Mais je sais aussi qu'en ce qui concerne ton petit Ezra, tu le sens important. C'est pourquoi tu fais tout pour ne pas lui faire suivre le chemin que prennent chaque jour tous les autres enfants.

- Ezra est important pour Siegfried, Kriemhild. Pas pour moi.

- Heinrich, je t'en prie. Pas de ce petit jeu avec moi. Je connais les revues que tu lis. Je connais ta curiosité vis-à-vis de ces pratiques religieuses et rituelles de ces civilisations anciennes. Ton imprévu, Heinrich, cette appellation que tu lui donnes. Es-tu sûr de ne pas succomber au charme du Dieu des Hébreux ? Dis-moi, Heinrich, que penseraient tes supérieurs de l'Ordre Noir si jamais cela s'apprenait ?

- Kriemhild, à qui la faute ? Dans leur souci de cataloguer les anciennes croyances des peuples du monde, nos scientifiques ont réveillé en moi une perception que je ne me connaissais pas. Tout ce en quoi je crois désormais me semble bien mièvre face aux discussions qu'Ezra peut avoir avec Siegfried. Je demande aux gardes qui les protégent de me rapporter avec le plus de détails possibles l'ensemble de leurs conversations, l'ensemble de leurs entretiens. Ils prennent quelques photos, même. Dès demain, un soldat du service des images va venir. Je veux qu'il puisse également filmer leur comportement à tous les deux.
- Mais tu n'y penses pas, Heinrich ! Tu n'en as pas le droit ! Tu sais bien qu'aucune image ne doit rester de nos agissements passés dans ce camp. Ni dans tous les autres, d'ailleurs. Comment veux-tu que nos futurs historiens puissent cultiver et élever sereinement nos premières générations, nos nouvelles générations ? Te rends-tu compte de ce qui se passerait, Heinrich, si on découvrait très précisément l'étendue de nos agissements ?
- Je ne te comprends plus, Kriemhild. Tu ne te sens plus fière d'appartenir à la race allemande, subitement ?
- Il ne s'agit pas de cela, Heinrich et tu le sais bien. Tu veux vraiment que notre petit Siegfried puisse découvrir plus tard par le biais de tes images ce qui s'est réellement passé ici ? Dans ce camp ?
- Voyons, Kriemhild, n'aie aucune inquiétude. Les historiens du futur ne s'appuieront que sur des faits restés intacts. Quand l'œuvre finale sera achevée et qu'il ne sera plus nécessaire d'épurer la race, nous détruirons tous les bâtiments susceptibles de nous rappeler quoi que ce soit. Plus de bâtiments, plus de faits. On dira de ces images qu'elles ne représentent, jamais, qu'un habile montage ordonné par nos ennemis. Les historiens du futur seront d'ailleurs suffisamment habiles dans leurs tournures de phrases

pour faire croire aux générations en devenir que tout ceci n'aura été qu'un mythe. Mais rassure-toi, Kriemhild, mon homme d'image ne doit s'occuper que d'Ezra et de Siegfried. Il ne devrait pas y avoir de problèmes avec lui...

- ...devrait, Heinrich. On voit bien que tu ne connais pas la curiosité morbide de ces gens-là. Leur sale manie qui consiste à placer leur maudit œil de verre partout, même là où on ne le désire pas. Il aura beau être soldat du Reich ton homme d'image, Heinrich, il est avant tout photographe et cinéaste. Ce qu'il pensera filmer pour notre gloire future pourrait fort bien se retourner contre nous si les événements du monde changeaient... !

- Mais, Kriemhild, voilà que tu te mets à douter, toi aussi ? Tu ne crois donc plus en notre Empire millénaire ?

- Je me protège, Heinrich, je te l'ai déjà dit. Siegfried est mon fils et, pour le protéger, j'irais même jusqu'à renier tout ce que vous faites. Vous tous et l'Empire tout entier. Je pense en femme, Heinrich. Au-delà de la vie de Siegfried, rien ne m'intéresse. J'irais même jusqu'à épouser un être inférieur si, par un caprice de l'Histoire, ils puissent devenir vainqueurs.

- Combien j'aime jusqu'à la conclusion de tes arguments, Kriemhild ! Épouser un inférieur ? Tu serais donc prête à offrir à Siegfried et pour frère, un sang mêlé ? Tu rejoins donc bien la légende. Mais, pour ce qui est de ton véritable frère, Kriemhild ? De Günther ? Accorde-moi ce plaisir. Ne le tue pas tout de suite !

- Heinrich, que tu es bête parfois !

Quels merveilleux moments j'ai pu passer avec Kriemhild ! Cette douceur dans nos échanges m'a comblé de bonheur. Ne vous trompez pas sur la personnalité de Kriemhild. Elle savait être douce. À sa manière, mais elle le savait. Elle prenait très au sérieux ce rôle qui était le sien. Cependant, je sentais qu'au fond de son être, elle n'y croyait pas totalement. Kriemhild n'était pas du tout manipulatrice. Elle était tout simplement actrice. Une grande actrice qui se persuadait par quelques rares instants seulement de la crédibilité de ses choix. Je savais parfaitement qu'elle m'aimait. Je n'avais pas besoin de m'en persuader davantage. Je savais qu'elle aimait Siegfried et le plaçait au-dessus de toutes nos si basses considérations. J'ai pleinement accepté ses dires me concernant. Bien sûr que Siegfried est plus important que moi. Il est mon avenir. Mon futur. Dans les entretiens que j'ai pu récupérer d'entre Ezra et Siegfried, un parmi tant d'autres laissait entendre que les enfants Juifs étaient plus importants que le Talmud même. Plus importants que tous les enseignements de rhétorique juive portant sortis tout droit de la bouche des rabbins. Car, si jamais les enfants n'étaient plus, alors, il n'y aurait plus de Talmud. Comme je les comprends ! Lorsque je lis l'engouement de nos penseurs, leur joie même lorsqu'ils rédigent ce qu'ils prétendent être leurs découvertes, je les sens comme des nouveau-nés. C'est donc vrai. Il n'y a rien de nouveau sous le soleil. Tout se désunit pour tout se reconstruire. Nos légendes mêmes ne cessent d'être interprétées et réinterprétées encore. Chaque nouveau docteur apporte un élément autre à une légende que l'on ne cesse de lire à nos enfants et ce, depuis des générations.

VI
Ezra

Je ne sais quoi penser, je l'admets, du petit Ezra. D'après les dires des gardes en général et de celui qui fut le témoin de son entretien avec Siegfried en particulier, il est doté d'une perception du monde et d'une religiosité vis-à-vis des choses, inégalées des autres enfants. Il n'en voulut pas longtemps à Kriemhild. Je le crois intelligent. Ses conditions d'existence dans l'enceinte du camp ne sont guères faciles. Outre la charge de travail à laquelle on contraint les enfants chaque jour, Ezra, fils du rabbin, se doit de perfectionner son art de la rhétorique juive. J'en ai entendu parler une fois, déjà. Je lis souvent les comptes-rendus de nos savants qui mettent au fait les mystères et autres énigmes issues des pratiques religieuses des civilisations de ce passé commun de l'humanité et qui est le nôtre. L'approche juive du monde n'aurait su échapper à la règle dite par notre glorieux Empire. Combien de nos éminents esprits scientifiques ont tenté de découvrir ce qui se cachait derrière tout cela ? Quelle Kabbale que la foi religieuse ! Combien de ces hommes fervents ont cru que fariboles et superstitions n'étaient que l'aboutissement de rituels auquel ils n'y entendaient rien ? Où sont-ils dès à présent ces maîtres du Reich si supérieurs, tant par leurs armes que par leur foi ? Où sont désormais ces prêtres supérieurs de l'ordre noir ? Ceux qui nous promettaient le Walhalla au beau milieu de ces loges déviées de toute culture initiatique ? De toute espérance divine ? Le culte de l'ordre nous promettait une vie glorieuse au paradis noir. Petit Ezra, petit garçon, que tu es loin de ces gens-là ! Tu as su bouleverser ma foi et mes certitudes. Je te suis reconnaissant pour cela. J'ai su immédiatement après la confrontation de Siegfried et toi, près du camp et devant ce garde, que tu resterais bien après les souffrances de ton peuple. J'étais un criminel, je l'accepte aujourd'hui. Toutefois, j'avais pris conscience que cela finirait. Non parce que nous étions allés trop loin, mais parce que j'étais allé trop loin. J'étais à l'image du peuple allemand, j'étais à l'image de l'Allemagne. Je devenais une ombre quelconque parmi d'autres, une de ces innombrables âmes qui ont contribué à pervertir notre passé, celui de nos ancêtres. Celui de nos premiers Empires. Que je m'en veux, petit Ezra, de t'avoir fait du mal ! J'ai vu pour ton père, je l'ai tué. Quelle puissante âme tu possèdes ! Et dire que tu m'as pardonné… !

Je ne peux confirmer l'exactitude de ce qui va suivre. Je le tiens d'un de mes gardes. Il en fut tellement surpris que je ne pus mettre en doute son récit. Il accompagnait souvent mon petit Siegfried. Je dois avouer que j'avais ordonné à l'ensemble des soldats du camp de ne le laisser seul sous aucun prétexte. Un jour que Siegfried se promenait aux alentours du camp, il resta muet devant les visions qui s'offraient à lui. Il était jeune, c'est vrai. Il ne pouvait comprendre la teneur des images qu'il regardait. Siegfried fut élevé en milieu protégé. Jamais je n'ai toléré le seul fait qu'il puisse découvrir les choses de la guerre. Selon les décisions de notre race. Siegfried a un glorieux avenir au sein de notre Empire. Je me dois donc de le préserver. Je ne veux pas le voir entrer d'emblée parmi cette jeunesse que le Führer a décidé de créer. Je préfère encore satisfaire la curiosité de Siegfried modérément. Il sera à même de juger plus tard nos choix existentiels. Ce que le garde m'a rapporté n'est rien de moins qu'une de ces longues discussions que Siegfried était autorisé à avoir avec le jeune Ezra, fils du rabbin. Ce qui explique son caractère privilégié dans le camp devant les autres enfants. J'accordais au rabbin et à son fils des privilèges discrets afin de rassurer la communauté sur le sort de leur élite religieuse. Éliminer le peuple Juif, soit. Mais de telle sorte que cela puisse passer pour compréhensible devant le peuple allemand. Du moins, pour l'ensemble de ses gardes tous camps confondus.

- ...quand je serai grand, je ferai l'Ecole Militaire tout comme mon papa. Je continuerai ainsi la fière lignée de notre famille au sein de notre peuple.
- ...si je deviens grand, je ferais l'Ecole Religieuse tout comme mon papa. Je continuerai ainsi la fière lignée de notre famille au sein de notre peuple.
- Penses-tu, Ezra, que la fin de la guerre nous apportera la connaissance du monde ?
- Penses-tu, Siegfried, que la fin de la guerre m'autorisera une vie suffisante ?
- Dis-moi, Ezra, penses-tu qu'il existe une différence entre le monde des chiffres et le monde des lettres ?
- Une échelle de valeurs, tu veux dire ? De celles qu'utilisent les grandes personnes, de celles qu'ils utilisent pour accentuer leurs certitudes ?
- Pour ma part, je crois les chiffres supérieurs. Tu n'as qu'à regarder l'ensemble de nos glorieuses écoles scientifiques pour te prouver que j'ai raison.
- Pour ma part, je crois les Lettres supérieures. Pour preuve ? Les mathématiciens eux-mêmes les utilisent pour construire, pour démontrer l'existence de leurs êtres. Leurs suprêmes équations.
- Crois-tu, Ezra, que ta divinité m'accepterait ainsi que ma race supérieure ?
- Tu ne dois pas limiter son champ d'action, son champ d'amour, Siegfried. Cependant, je pense qu'il est trop tôt pour te le confirmer. Vous devez vous

tromper encore, Siegfried. Vous devez vous trouver par delà nos souffrances. Vous êtes imbus de supériorité, cependant, vous n'êtes encore que des enfants. Vous pensez trouver dans la brutalité une réponse à vos questions, mais je te rassure, Siegfried, les différends de mon peuple vis-à-vis de Dieu ne sont rien à côté. Et malgré cela, il continue de nous aimer d'amour.

- Pourtant, cette divinité vous laisse mourir. Oh ! Je le vois bien. Je sais que mon papa me cache des choses. Votre mort prochaine. Mais toi, Ezra ? Vas-tu bientôt mourir ? Je n'aurais donc plus d'amis. Le monde n'aura donc plus de Juifs ?
- Ne t'inquiète pas, Siegfried. Je serai toujours à tes côtés. Tu penseras à moi chaque fois qu'un garçon de mon peuple viendra te narguer sur ta supériorité raciale.
- Pourtant, vous êtes le peuple élu, ne me mens pas ! Je l'ai entendu d'un garde. Ils disent que vous dominez le monde, que vous devez mourir.
- Regarde-moi, Siegfried. Vois-tu une quelconque supériorité entre toi et moi ? Regarde mes vêtements. Tu penses que je suis à ce point supérieur ? Comment s'appelle déjà votre puissante divinité, Odin ? C'est ce que tu m'as dit. Il est le plus grand de tous les guerriers. Eh bien ! La guerre ne dure qu'un temps, Siegfried. Mais la paix, elle, nous ouvrira les portes de l'éternité.
- Dis-moi, Ezra, est-ce que tu me hais ? Mon peuple si fier ? Ma race supérieure ?
- Voyons, Siegfried ! Tu m'accuses d'être le peuple élu ? Et c'est toi la race supérieure ?
- Je sais que l'Allemagne est méchante avec les Juifs. Je ne suis pas aussi enfant que mon père le voudrait. Mais je me tais car je le respecte.

- Je sais que le monde est méchant avec les Juifs. Je ne suis pas aussi enfant que notre père le voudrait. Mais je me tais car je le respecte.

Ezra et Siegfried n'ont jamais cessé d'échanger des points de vue. Il faut avouer que les distractions entre ma maison et le camp sont bien minces. Souvent, je discutais avec Siegfried de son opinion concernant Ezra. Les gardes trouvaient que nous offrions trop de privilèges au rabbin ainsi qu'à sa communauté, mais, que pouvais-je faire ? Il est vrai que ce rabbin représentait à mes yeux le seul argument viable pour généraliser une position administrative de l'Empire et qui aurait pu dégénérer de nombreuses fois. On ne le pense pas souvent, mais les difficultés invoquées par nos gardes nous ont beaucoup perturbés et retardés. Ezra gardait toujours sur son visage une innocence dessinée qui pouvait tromper mon petit Siegfried mais qui dissimulait bien mal à des yeux avertis ce qu'il pouvait endurer. Aujourd'hui que j'écris ces lignes, je veux m'en excuser, au moins auprès de lui. Ezra a su offrir à mon petit Siegfried une parcelle de bonheur dans un univers ravagé par les folies meurtrières de la guerre. Lui qui n'était qu'innocence et bonté, lui qui ne demandait qu'à retrouver son univers de la ville et ses camarades, c'est vers un destin bien plus horrible que je l'ai dirigé. Un entretien parmi d'autres entre Ezra et Siegfried.

- Je m'ennuie par moments, Ezra. Je voudrais tant retrouver mes camarades de la ville. Au moins là-bas, je pouvais jouer.
- Je ne te suffis donc plus, Siegfried ? Tu penses toi aussi que je suis un garçon ennuyeux ?
- Ne t'inquiète pas, Ezra. Je n'oublie pas. Je ne dis pas cela pour me débarrasser de toi et des tiens. J'ai découvert votre sort.
- Que veux-tu dire, Siegfried ?

- Hier, lorsque j'ai prétexté une absence d'une heure afin de pouvoir rester un peu seul…
- …eh bien !
- J'ai trouvé un passage par lequel je peux me glisser...
- …te glisser, mais pour aller où ?
- Pardi ! Mais à l'intérieur du camp. Je…
- …mais tu n'y penses pas ! Voyons, Siegfried. Tu ne dois absolument pas recommencer. Tu n'as pas l'air de te rendre compte.
- Ne t'inquiète pas, Ezra. Je ne m'approche pas trop. De plus, je peux me déguiser. J'ai trouvé quelques vieux vêtements que je peux…
- …Siegfried, je t'en supplie ! Promets-moi de ne pas recommencer une pareille expérience. C'est très dangereux. Imagine que l'on puisse te confondre avec un enfant juif ?
- Mais non, voyons. L'ensemble des gardes me connaît. On ne cesse de passer devant eux lorsque nous conversons toi et moi sur les réalités de nos dieux.
- Fort bien, Siegfried. J'accepte de me calmer. Raconte moi ce que tu y as vu.
- J'ai vu que mon père m'a menti.
- Que veux-tu dire ?
- Ils ne font pas qu'être méchants avec vous. Ils vous détruisent. Et ce, de la manière la plus horrible.
- Siegfried, qu'as-tu vu exactement ?
- J'ai vu les grandes portes de fer s'ouvrir. Une montagne de corps morts que l'on sortait alors avec des crochets et des cordes. Cela m'a rappelé ces morceaux de viande morte que j'ai vus dans une boucherie de la ville. Je ne comprends pas. Nous ne sommes pas des cannibales. J'avais le sentiment qu'on les découpait en morceaux !
- Non, Siegfried. Ton peuple n'est pas cannibale. Ce n'est pas pour nous manger qu'il nous traite de la sorte.

80

- Mais pourquoi, alors ?
- Ton peuple pense que je suis bien moindre que toi, Siegfried. Que ma vie n'a aucune importance. Ce que tu m'as dit au début de notre rencontre était vrai. Ton peuple a peur du mien. Il pense que nous possédons des pouvoirs sur lui. Il pense que nous désirons prendre les rênes de ce pays. Nous ne le voulons pourtant pas, Siegfried. Il faut me croire. Nous avons été heureux en Allemagne. Et ce, durant des siècles.
- C'est donc là-bas où s'en vont tous les enfants. Combien en reste-t-il actuellement ?
- Je ne sais pas. Peut-être trois cents ? Je n'en suis pas sûr.
- Mon père m'avait parlé de deux mille enfants ?
- Ils sont tous morts, Siegfried. Tu dois l'accepter.
- Mon père m'a menti. Il n'est plus mon papa.
- Ne le condamne pas de suite, Siegfried. Il t'aime, tu sais.
- Comment peux-tu dire ça, Ezra ? Tu le défends ?
- Écoute, Siegfried. Ce qui se passe actuellement en Allemagne ne dépend pas du bon vouloir de ton père. Les grands chefs de l'Empire…
- …tu peux l'appeler Reich, à présent.
- Oui, Siegfried, si tu veux. Le chancelier du Reich a décidé d'éliminer mon peuple ainsi que beaucoup d'autres. De ces êtres qu'il juge inférieurs.
- Comment les juge-t-il ? Qui décide qui est inférieur et qui ne l'est pas ? Mon père est-il responsable de cela ? Qu'en penserait mon grand-père ?
- Ne sois pas si dur envers ton papa, Siegfried. Ton père fait ce qu'il peut, tu vois ? Il prend bien soin de beaucoup d'entre nous. Sans son aide, par moments, bien des choses plus terribles et plus horribles se seraient alors passées.

- Je ne suis pas sûr de comprendre, mais peut-être que je n'en ai pas besoin, après tout. Je vois bien mieux, depuis. Toute cette odeur. Toute cette mort, Ezra. C'est la tienne, et celle des tiens. Et dire que je te parlais des dieux de l'Empire alors que d'un autre côté, ils vous massacraient par milliers. J'ai donc été si jeune, si naïf.
- Siegfried, je te supplie de ne plus retourner à l'intérieur du camp. C'est beaucoup trop dangereux. Ce qui s'y passe ne doit pas en sortir. Tu ne dois absolument pas en parler avec ton père. Tu dois me le promettre. Par peur sinon, il pourrait te renvoyer à la ville, et alors, nous n'aurions plus l'excuse de rester avec toi, nos vies ne dureraient pas. Déjà, nos gardes nous suivent du coin de l'œil, ils n'attendent de nous qu'un faux pas.
- Fort bien, Ezra. Je prendrai donc sur moi la responsabilité de mon père, je me tairai. Je tâcherai de lui expliquer que j'ai toujours besoin de toi, je lui ferai comprendre combien il doit préserver vos existences pendant encore beaucoup de temps. Je ne pourrais supporter l'idée de te voir tirer par ces crochets de boucher. C'est étrange, Ezra, je pense avoir grandi, subitement. Il est vrai que les images que je garde en moi m'ont effectivement permis de mettre à jour mes visions de l'Allemagne. Cependant, Ezra, je continuerai de m'entretenir de mes dieux avec toi. J'ai besoin d'en savoir plus. Penses-tu que nos discussions ont servi à quelque chose ? Crois-tu encore en ton Dieu, Ezra ?
- Oui, Siegfried. Je crois surtout qu'il n'est absolument pas responsable de nos malheurs. Je comprends les reproches de mon peuple, Siegfried. Je les accepte, même. Seulement, nos maîtres nous enseignent que nous ne devons pas nous accrocher aux douleurs de l'Histoire. Mon peuple a traversé

deux mille ans de souffrance, Siegfried. Deux mille années de tueries n'ont pas été suffisantes à effacer Dieu de sa mémoire. Sais-tu pourquoi ?
- Pourquoi ? Dis-le-moi, Ezra.
- Parce que Dieu a placé en nous l'idée même de son existence. On peut tourner la tête de tous les côtés, on peut utiliser toutes les philosophies et ce, de toutes les civilisations passées, on ne pourra pas nier ce fait, on est programmé pour croire. Il nous faut l'accepter. Tant qu'on ne l'acceptera pas, on n'évoluera pas. Les guerres et les massacres continueront alors, mais au bout du compte, on s'apercevra qu'il existe bien.
- Tu es le fils du rabbin, Ezra. Bien sûr que tu crois en cela. Seulement, imagine tous ces gens que j'ai vus et qui vont vers la mort. Tous ne croient pas en lui. Qu'adviendra-t-il d'eux ? Leurs âmes sont-elles perdues ?
- Non, Siegfried, pas du tout. Pour ma part, je crois en la venue du Messie.
- C'est quoi le Messie, Ezra ? En as-tu déjà parlé avec les autres Juifs, dans le camp ?
- Avec certains, oui.
- Mais les autres, sont-ils perdus pour autant ?
- Vois-tu, Siegfried, quand le Messie viendra, ce sera un jour de délivrance. Il m'est difficile de te parler de ce jour car même nos plus grands maîtres ne le mentionnent pas.
- Comment savez vous qu'il existe, alors ?
- Il existe dans notre culture une tradition religieuse mais qui n'est pas écrite, c'est un savoir oral. Je ne peux te l'enseigner, je ne le possède pas. Je sais seulement qu'il existe. Tu te souviens de ce fil générationnel dont je t'avais parlé au début d nos entretiens ? Eh bien ! C'est ce fil-là.
- Que te propose ce Messie pour que tu croies tant en lui ?

- Il me propose de retrouver les miens. Tous ceux que j'ai perdus.
- Que veux-tu dire, Ezra ? Même ceux qui sont morts ? Tu penses que je peux retrouver mon grand-père ? Tu penses que ton Messie connaît la cité d'Asgard et le chemin du Walhalla ?
- Je pense surtout que ce en quoi nous croyons n'est jamais qu'une perception différente d'une seule et même vérité. Lorsque le jour de la délivrance viendra...
- ...quelle délivrance, Ezra ? Celle qui t'ouvrira les portes du camp ?
- Celle qui nous ouvrira les portes du monde, Siegfried.
- Mais l'Allemagne n'a pas besoin d'être délivrée : elle règne déjà sur le monde.
- Regarde bien autour de toi, Siegfried. Penses-tu sincèrement que le Reich durera toujours ?
- Je ne veux pas que ton Dieu soit trop dur avec mon papa. Je ne veux pas que ton Dieu soit trop dur avec l'Allemagne. Je lui propose un échange : ma vie contre la sienne.
- Voyons, Siegfried ! On ne plaisante pas avec ces choses-là.
- Je suis très sérieux, Ezra. Lorsque je suis venu pour la première fois dans ce camp, je ne voulais pas croire ce que je voyais, je t'ai menti. J'y suis retourné souvent. Je joue l'enfant innocent pour mon père car je l'aime toujours, cependant, je ne suis plus très sûr de vouloir lui ressembler. Ça n'est pas de sa faute personnellement, mais plutôt, de la mienne. À mesure de mes désobéissances, je me voyais m'éloigner de lui. Et ne le voulais pas. Je sentais qu'il avait besoin de moi. Il souffre beaucoup, et c'est sûrement vrai. Mais je ne peux accepter cette

montagne de cadavres entre lui et moi. Que puis-je faire, Ezra, dis-le-moi ?

- Siegfried, laisse venir les choses. Une Allemagne Nouvelle va bientôt naître. Déjà, des échos nous parviennent sur une issue finale de la guerre et…
- …mais qui en est le vainqueur ?
- Lorsqu'une guerre est déclarée, Siegfried, on s'efforce de trouver les meilleurs arguments pour s'attribuer les lauriers de la gloire. Seulement, au bout du compte, on prend surtout bien soin de ne montrer au reste du monde que son bon côté. Lorsqu'une guerre est déclarée, Siegfried, elle est déjà perdue pour l'ensemble de la terre avant même d'avoir commencé.
- Pourtant, tous nos glorieux soldats qui sont morts, nos héros…
- …Je pourrais te citer les mêmes dans l'autre camp, Siegfried. Je pourrais te trouver des héros qui le sont devenus uniquement pour avoir tué les tiens.
- La guerre n'est donc rien de moins qu'une confrontation de héros, Ezra. Les tiens contre les miens.
- Mes héros, Siegfried, sont des soldats de l'esprit.
- Oui, c'est vrai. Ton Dieu ennuyeux… !
- Non, Siegfried. Mon Dieu silencieux.
- Je suis sûr de ne pas m'être trompé en faisant de toi mon ami, Ezra.
- Mais, tes camarades de la ville ?
- Oublie-les, Ezra. Tout comme je les ai oubliés.
- Siegfried, une dernière fois. Promets-moi de ne plus retenter tes entrées dangereuses et interdites dans le camp.
- Sois heureux dans ta vie future, Ezra. L'heure est venue pour moi de regagner le Walhalla.
- Siegfried, s'il te plaît ! Tu es mon ami. Tu ne dois pas me parler de la sorte. Tu me fais peur. Ce que tu

penses être ton devoir, ton sens de l'honneur, est pour moi un simple suicide. Personne ne demande à personne de devancer sa destinée.
- Tu crois donc en la destinée, Ezra ?
- Je crois surtout que nous marchons sur un fil tendu. Nous devons rester prudents quant aux choix que nous faisons. Nous ne devons pas avancer avec des certitudes à l'esprit, c'est très dangereux.
- Je te remercie, Ezra, de l'enseignement que tu as pu m'apporter. Tu m'as enseigné à ne pas haïr mon père alors que je le devrais. Tu m'as enseigné à ne pas haïr tes gardes alors que je le devrais. Tu m'as enseigné à ne pas haïr l'Allemagne alors que je le devrais. Je t'en suis reconnaissant. Le reste, Ezra, fait désormais partie de mon histoire. Qui sait, quand ton Messie viendra Ezra, on se retrouvera.
- Non, Siegfried ! Ne…

Ce fut le dernier entretien que Siegfried eut avec Ezra. Comme pour le forcer à ne pas le suivre dans cette voie. Siegfried est redevenu ce petit enfant allemand et distant d'avec les Juifs. Il voulut faire comprendre au petit Ezra que son enseignement était effectivement terminé. Ezra le comprit. Il a tout de suite aperçu dans le regard de Siegfried un mélange de fierté et d'orgueil qui l'avait de nouveau placé parmi les supérieurs de sa race. Mon Siegfried n'était plus petit. Il était devenu le Chevalier Siegfried. Il ne lui restait plus qu'à affronter Fafnir et à le vaincre de nouveau pour entrer dans la légende. Ezra s'aperçut dès lors qu'il était de trop. Sa vision messianique du monde n'avait plus droit de cité, désormais. Dans le cerveau de Siegfried, sa mythologie avait supplanté la réalité de la vie. Il était prêt à défier les gardes eux-mêmes à l'intérieur du camp. Il serait indulgent avec moi compte tenu de la promesse qu'il fit à Ezra. Comme je suis fier de toi, mon garçon. Tu as su de même pardonner à Kriemhild, ta mère. Ezra, quant à lui, ne comprenait pas tout. Il ne voulait pas croire que Siegfried serait prêt à se sacrifier de la sorte. Cette perception du monde lui était blasphématoire. Siegfried, pour sa part, avait déjà placé sa main dans la gueule de Fenrir. L'aube d'un nouveau matin pointait déjà et Ezra retourna parmi les siens sans se douter des événements qui suivraient. On arrivait à la fin de la guerre. On touchait la nouvelle capitulation du bout de nos doigts. La bataille finale que Siegfried se devait d'affronter le rapprocherait de la cité d'Asgard et de son Walhalla. Il ne se doutait pas que les conséquences de son geste allaient nous apporter à tous le Ragnarök.

VII
La mort de Siegfried

Siegfried, mon petit. Viens donc, mon être. Mon âme partielle. Je ne cesse de te revoir chaque jour que Dieu fait. Quand les premiers rayons du soleil déversent leur doux bain sur ma peau, quand le visage de Dieu m'apparaît alors sur cette rotondité chauffée qu'est le soleil, c'est le sourire d'un ange que je perçois, et cet ange, c'est toi, Siegfried. L'Allemagne de mon temps fut mauvaise et destructrice par de bien vilaines manières. Pourtant, d'elle, je ne me remémorerai encore et toujours que ta beauté, ta tendresse, ta supériorité d'âme. Je ne te parlerai pas des enfants juifs de ce temps-là, qui, de par leur naissance, n'étaient qu'inférieurs, donc inclassables. Je te comparerai avec ceux de ta race, ceux de ton monde. Être supérieur devant les supérieurs eux-mêmes. Tu étais mon fils, ma descendance. Pardonne-moi, car si tu me fus enlevé, ça n'était que pour mieux te perdurer. Je n'ai pas su t'aimer selon ton mérite, Siegfried. Je me suis seulement efforcé de tenir ce rôle qui fut le mien à l'intérieur de ce camp. Ton âme aura-t-elle la force, la miséricorde, la sagesse de me pardonner ? Tu me fus enlevé par le biais si complexe, si ordonné de notre administration supérieure. C'est cette invraisemblance qui me fit totalement basculer de l'autre côté. Lorsque je me suis aperçu qu'un de nos gardes d'éducation pourtant si pure, si naïve et pourtant si Allemande, ne sut faire la différence entre un enfant de Juif et toi, lorsque je me suis aperçu que nous étions devenus les officiers supérieurs d'un chaos total et absolu, incapables de rattraper les dérives et les erreurs perpétrés par nous-mêmes ; je compris alors Siegfried, que mon incapacité à t'arracher de mes orchestrations de commandant, se rapprochait dangereusement de l'esprit simple de nos gardes, si purs, si naïfs, et pourtant si Allemands. Mais le monde a aujourd'hui changé, Siegfried. Ce nombre de prières dont j'ai perdu le compte m'a entraîné vers une voie que je ne percevais alors pas. Tu es à mes côtés, désormais. J'ai failli autre part, Siegfried. De part ma nouvelle fonction, je devais retrouver femme. Il n'en fut pas ainsi. Ta mère et toi m'avez tant apporté, qu'il me fut impossible de vous remplacer. J'accepte par là le jugement de Dieu et toutes ses conséquences. En Allemagne, tu étais ma gloire et mon orgueil. En Israël, tu deviens ma faute et ma souffrance. Puisse le Dieu d'Israël me pardonner et bénir ton âme germanique, si jeune ! Mais, combien je dois m'égarer, devez-vous alors penser ? Je vous l'accorde. Je vais tâcher de développer précisément les événements qui ont amené mon petit Siegfried vers son destin.

C'était à cet instant si précis de notre administration où l'on attendait de nouveaux wagons. La charge de travail était d'une densité maximale. Nous n'arrivions plus à organiser si méthodiquement le nettoyage du camp. Dans l'absolu de la confusion, les gardes eux-mêmes se trompaient dans le classement pourtant ordonné des files. Plus on en rangeait, plus il en arrivait. Pour un peu, il eût fallu donner des tickets.

- Dépêchez-vous, allons. Comment pourrons-nous donc finir nos ouvrages à temps ? Tant de gens attendent !

Ce type de propos était classique chez les gardes. On était rapidement débordé par le nombre. Notre problème majeur venait du fait que nos nouvelles recrues n'avaient pas le temps de visualiser l'ensemble des visages amis. Des visages purs, allemands. Voilà pourquoi j'avais interdit à Siegfried de s'approcher des portes du camp. Mais lorsqu'un enfant curieux par nature se veut de braver l'interdit suprême, qui peut le raisonner ? Le premier homme lui-même ne nous a-t-il pas fait perdre les voies du ciel par son enfantillage ? Son manque de force mature... Le petit Ezra m'avait raconté une fois qu'il parvenait à sortir du camp par un coin d'où le grillage laissait passer le corps d'un enfant. D'un enfant Juif ou bien même... Je me devais de faire réparer cette ouverture. Je te le devais, Siegfried. Quand Ezra m'avoua que tu empruntais ce passage pour te mélanger aux autres enfants, je crus bon de ne pas paniquer. J'étais tout de même le commandant du camp. Comment un de mes gardes pourrait-il te confondre d'avec les autres enfants ? Mais comment un garde arrivé le jour même peut-il croire un enfant vêtu de peaux de bêtes, probablement récupérées près des bâtiments de la boucherie ? Un enfant qui se voulait être un héros de mythologie. Un enfant qui lui dit devant les autres, et une épée de fortune à la main, probablement raccommodée avec deux morceaux de bois et une ficelle trouvée.

- Je suis Siegfried. Je suis le digne fils de mon père. Il est le commandant du camp. Je t'ordonne de ne plus diriger ces enfants-là vers la mort. Je sais que mon père m'a menti. Je dois donc faire en sorte de les sauver. Je suis le nouveau chevalier de l'Empire.

Le garde, avec un sourire amusé, accepta pour un temps de jouer le jeu avec lui. Mais voyant que cela finissait par durer, il décida de mettre un terme à cet enfantillage.

- Je ne connais pas ton père. Je viens d'arriver. Ces petits Juifs ! Que ne vont-ils pas inventer ? À la douche avec les autres !

Ezra a assisté à la scène. Il pleurait à chaudes larmes. Il avait prévenu Siegfried.

- Siegfried, je t'en prie. Rentre auprès des tiens.

- Eh bien ! Garde. Vas-tu m'obéir ? Libère ces enfants ou bien je te transperce !

La minute de chaos qui s'ensuivit nous rapprochait un peu plus du crépuscule divin. Les survivants du camp connaissaient Siegfried. Ils n'osaient rien dire. Quel garde allemand pourrait accepter de croire les dires supposés clairvoyants d'une race inférieure ? Ce sont les enfants eux-mêmes qui entrèrent en scène. Nos enfants ne sont-ils pas la voix de l'innocence ?

- Mais il dit la vérité. Nous connaissons Siegfried. Le commandant Heinrich est effectivement son père.
- Mais taisez-vous donc, petits Juifs ! De quel droit nommez-vous ainsi le commandant du camp par son noble prénom ? Toi, viens ici !

Il prit Siegfried pas l'épaule. Celui-ci ne se débattait pas. Intérieurement, il se sentait protégé.

- Ne vous inquiétez pas. Je suis le digne…
- …et crack ! Ah ! Ah !

Il frappa le crâne de Siegfried d'un coup de crosse de fusil. Siegfried n'eut pas le temps de comprendre ni de réagir. Son corps étalé sur le sol boueux présenta aux yeux des survivants le poids d'une erreur de jugement. Le châtiment pour des arguments certes crédibles à ses yeux d'enfant pur, mais si dénués de sens pour ceux des gardes naïfs du camp. Il faut toujours mettre au courant les nouveaux arrivants. Une erreur d'administration est si vite arrivée… ! Les survivants sont restés sans voix. Il faut dire que l'acte leur fut si invraisemblable. Après tout, pourquoi devrions-nous pleurer la mort de cet enfant, pensaient-ils ? Il était de leur race, il était Allemand. Il est même sain de constater qu'il pouvait s'agir du fils du commandant. La mort du premier-

92

né du commandant ne pourrait-elle racheter celle des si nombreux enfants du peuple d'Ezra ? Les survivants présents du camp, l'espace de cet instant ont pu respirer un brin d'air frais supérieur. Le camp ne donnerait-il pas la mort aux enfants de la race supérieure ? L'espace de cet acte, tout fut bouleversé. La vérité est qu'il n'y a ni êtres, ni race supérieure. Il n'y a que des hommes égarés, prisonniers du cercle événementiel de la vie. Ce que l'on imagine alors être plus haut, descend mais bien vite l'espace d'un oubli. Comme c'est bête de ne pas mettre au courant les nouveaux venus d'une situation déjà chaotique ! Comme c'est bête de constater que la politique du « On se débrouillera sur place » est une politique qui nous ouvre les portes de l'enfer ! Comme c'est bête de ne pas se mettre à jour !

Le corps ensanglanté de Siegfried fut malmené par ce garde ignorant. Pour lui, il fallait faire au plus vite. Il ordonna aux techniciens de la tâche de se débarrasser rapidement du corps. Cet incident n'avait que trop perturbé la bonne marche du travail. Pour cet instant, je reste heureux pour Siegfried. À défaut d'un noble drakkar certes, et qui le mène au loin, ce ne sont que de vils crochets de boucher qui le font entrer dans l'antre fumante. Mais, je me dis qu'il a connu la fin glorieuse de nos grands chefs respectables. La fin qu'il a si ardemment recherchée et demandée. Pour cet instant, il a rejoint le Walhalla. Le long silence des survivants a causé un certain malaise. Qui pourrait croire que la machine administrative s'est emballée ? Quelle question absurde ! Nous qui gérions tout… Si les survivants s'en étaient rendus compte, ils auraient pu se réveiller ? Prendre les armes ? Allons ! Qui est la race supérieure de l'Empire, après tout ?
Ezra, mon petit, tu as effectivement assisté à la scène. Au meurtre de Siegfried. Tu as pleuré la mort de ton camarade. Lors de votre dernier entretien, tu as tenté de lui faire comprendre que ton peuple n'était élu en rien. À ces instants passés, il avait droit de vie et de mort sur toi. Aujourd'hui, le

sol boueux du camp l'a ramené jusqu'à toi, à ton niveau. Tu avais raison, Ezra. Il n'a suffit que de guenilles habilement portées pas mon fils en guise de déguisement pour alors descendre des barreaux de l'échelle des valeurs aux yeux de sa race. Si Siegfried s'était rendu au camp, vêtu de vêtements nobles, l'aurait-on reconnu ? L'aurait-on épargné ?

VIII
La revanche de Kriemhild

Pour ce qui est de mon aimée, pour ce qui est de Kriemhild, je n'oublierai jamais plus jusqu'à l'ombre de son existence. Celle-là même qui fut sienne et qui accompagna la perfection charnelle de son corps. La perfection charnelle de la femme. Kriemhild était de ces êtres intemporels. Les modes et les mœurs n'avaient pas raison sur elle. Tantôt, elle était l'ange. Spectre sublime sur qui les regards n'osaient se porter, sur qui les contacts seraient sans effets. Tantôt, elle était le démon. Le regard du démon sur un être inférieur, sur un être Juif, se conçoit uniquement dans la mesure où des perceptions telles que le pardon, le respect, la miséricorde sont devenus les symboles du passé. Parfois, le regard de Kriemhild me rappelait à la désuétude de ces notions. Moi, pourtant supérieur en tout et homme de surcroît, je me sentais petit devant elle. Ce que je dis aujourd'hui, bien sûr, ne peut être perçu que par les survivants de cette époque. Aujourd'hui, peut-être, Kriemhild paraîtrait bien quelconque. Mais en mon ancien temps, elle rejoignait Brünhilde et l'égalait en beauté, je n'oserais dire la surpassait. Leur perfection germanique se complétait, s'homogénéisait.

Laissez-moi donc m'attarder un peu plus sur Kriemhild. Accordez-moi cette requête. Laissez-moi vous faire sentir et ressentir sa présence, car que me reste-t-il d'elle à présent ? Aux dires des uns, Kriemhild a eu la vie sauve et par le biais de diverses manœuvres et autres aventures qui sont siennes, elle serait finalement parvenue à quitter notre Allemagne humiliée et à rejoindre les États-Unis – les désormais vainqueurs du monde à venir, pour ce qui est de sa partie ouest du moins. Pour d'autres, ma divine serait tombée entre les mains de l'armée rouge. Je ne désire pas croire ce que l'on raconte sur la cruauté des règlements de comptes survenus tout de suite après la capitulation. Je désire croire qu'elle fut bien traitée. Qu'au-delà de tout ce que l'on pense sur notre idéologie, qui fut néfaste je vous l'accorde, vaincu, on oubliera sa fonction qui fut celle d'avoir été ma femme. Dieu dans son immense complexité, m'a laissé vivre pour l'âme de Siegfried. M'a-t-il également permis de prier le pardon de Kriemhild, le pardon de son âme ? Encore une fois, ne jugez pas trop sévèrement Kriemhild. Si vous ne pouvez le faire pour vous-mêmes, ni pour l'Allemagne, faites-le pour moi. De grâce, faites-le pour moi. Moi qui ne fais que chercher les moyens de vous exprimer ma position. Moi qui ne fais que marcher sur le fil tendu des choix que nous prenons. Ma seconde vie fut ainsi faite. Tantôt à droite, et les perceptions nazies qui furent miennes me revenaient à la figure. Sûres, superbes, vérifiées. Tantôt à gauche, avec son long cortège de culpabilité et de dégoût prononcé. J'ai passé le reste de ma vie dissimulé parmi ceux qui avaient accepté de me sauver, malgré tout. Peut-être pensaient-ils alors qu'une vie en valait bien une autre ? Sauver un Allemand innocent ou bien un gardien de camp ? Quelle importance ? Dieu comptabilise-t-il la valeur des âmes par la grandeur de leurs anciennes fonctions ? Dieu assure-t-il le même jugement à l'âme d'un homme, d'une femme, d'un enfant ? Si tel était bien le cas, laquelle, de l'âme de Kriemhild ou bien de celle de Siegfried, serait la plus mal lotie ?

Ezra prit sur lui le fait de me prévenir. Dans la confusion de l'absolu, il réussit à échapper à l'enfer de la situation. Il emprunta de nouveau ce maudit passage qui servi à mon petit Siegfried d'ouverture sur l'au-delà. Il pleurait si fort, le pauvre garçon... Je suis persuadé que, pour lui aussi, cette épreuve fut très douloureuse. Il avait beau jouter avec Siegfried sur le sens de la vie et les retournements de situation, jamais il n'aurait imaginé dans son jeune âge, être confronté à la preuve visible de son existence. C'est l'arrivé à mon bureau qui décida de la tournure qu'allait prendre ma vie. J'étais assis sur mon bureau à philosopher de notre avenir devant Kriemhild. Nous imaginions un nouveau projet de vacances après la tâche qui m'occupe actuellement. Arrive alors Ezra. Les larmes de cet enfant ont su à elles seules me faire comprendre qu'un drame s'était produit.

- Mon Dieu ! Et si Siegfried s'était fait mal devant les barbelés ? Peut-être s'est-il même coupé ? Lui qui ne supporte pas la vue du sang... !
- Voyons, Kriemhild ! Ne t'affole pas, ma divine. Nous allons voir.

Je percevais cependant dans le regard du jeune garçon que la situation était bien différente. Je n'osais reprendre Kriemhild. Je me devais de montrer à Kriemhild que je maîtrisais la situation. Ce n'est qu'arrivé devant la porte du camp que je sentis le sang me monter au visage. J'étais pressé de voir Siegfried.
Je voulais me convaincre qu'il allait bien. Kriemhild me suivait de près, superbe comme toujours. Maîtresse de la situation, femme de commandant. Nous appelions alors d'une voix commune :

- Siegfried ! Siegfried !
- Siegfried n'est plus. Je suis désolé, commandant.
- Ezra, que me racontes-tu là ?
- La vérité, commandant.

Kriemhild entendait les mots d'Ezra. Elle ne les interpréta pas tout de suite comme réels. Elle imaginait encore qu'il s'agissait d'un jeu entre les enfants.

- Siegfried ! Où es-tu, mon âme ?
- Un petit garçon qui se faisait appeler Siegfried est entré par mes soins dans la bouche enflammée. Ces petits Juifs, où ont-ils donc appris les noms glorieux de nos mythologies supérieures ?
- Mais que me dites-vous là ? Où est Siegfried, où est mon fils ?
- Votre fils ? Mais...

Je ne sus précisément ce qui me terrifia le plus : le regard inquiet du garde agrémenté d'une rougeur maladroite face à une situation qui lui échappait, ou bien le regard de Kriemhild qui ne me quittait pas ? Je continuais de regarder fixement le garde, comme pour bien être sur d'entendre les propos qu'il me tenait. De les comprendre, surtout. Je n'eus pas le temps, je l'avoue, de maîtriser les événements qui ont suivi. J'ai entendu Kriemhild pousser un tel cri de douleur que j'eus le sentiment de plier les genoux au son des trompettes du jugement dernier. Les Walkyries elles-mêmes dans leur chevauchée ne m'auraient davantage impressionné. Je regardais Kriemhild dans les yeux. Je voulais être bien certain de l'avoir encore à mes côtés. Je sentais pourtant mon corps se liquéfier. J'étais le commandant du camp ; un instant plus tard, je n'étais plus rien. Kriemhild le comprit. Elle redressa à sa manière la situation. Elle hurla à nos oreilles.

- Garde ! Donnez-moi votre fusil !
- Oui, Madam…
- Arrrh !

Une force surhumaine émana du corps de Kriemhild. Je suis resté figé devant le spectacle qu'elle m'offrit. Il faut dire qu'à cet instant précis, l'administration s'était effectivement arrêtée. Je voyais Kriemhild, le fusil haut porté à ses bras. Puis, je voyais la gorge du garde. Masse devenue informe par le fusil planté dedans. Kriemhild resta immobile un long moment. Je la voyais tourner le fusil comme pour ouvrir davantage ce qui déjà ne ressemblait plus à une gorge d'homme. Plus elle tournait, plus on entendait le bruissement de la chair. Le déchirement de l'armature nerveuse de la gorge. Le garde voulut parler. Il ne le put. Il n'avait plus en sa possession les outils organiques susceptibles de l'aider. Le fusil de Kriemhild réussit à sortir de l'autre côté de la gorge. Je vis le bout du canon qui tournait encore, des mouvements rotatifs que Kriemhild prenait plaisir à manœuvrer. Les perles de sang qui ruisselaient de son extrémité me laissaient percevoir l'ampleur de la situation. Non pas les dizaines de personnes humiliées de par leurs conditions et qui assistaient à la scène en même temps que moi. Mais uniquement, le fusil de Kriemhild et sa hargne toute germanique à le pratiquer sans remords aucun devant les survivants. Devant leurs yeux, une femme allemande tuait un garde allemand. Une noble race élimina un frère de sang. Une vérification terrible se présenta alors à moi : la gorge d'un Juif est semblable à celle d'un Allemand.

Et puis, je décidai de reprendre le dessus. Je le tentai du moins. Je sentais Kriemhild qui perdait de cette force morale qui l'avait aidée dans l'accomplissement de son acte. Ses yeux effectivement commençaient à s'éteindre doucement et le démon qui l'avait habitée durant ces instants de folie guerrière la libéra. Une forte respiration sortit de son corps en même temps que d'un coup sec et bruyant, elle retira le fusil. On aurait dit un bouchon de bouteille, mais qui se fit entendre devant des oreilles non invitées.

- Kriemhild ? Ma divine ! Regarde-moi ! Je…

Je la vis braquer le fusil sur moi. Ça n'était pas possible. Pas elle.

- Kriemhild ! C'est moi !
- Ne t'approche surtout pas de moi, Heinrich. Tu as laissé ton fils jouer avec l'ensemble de ces poupées informes. Et maintenant...
- ...Kriemhild, ma reine. Je...
- ...Je t'interdis de me regarder. Sale Juif ! Tu as préféré te rendre sympathique devant cette vermine inférieure. Eh bien ! Vois, maintenant. Ils ont tué ton fils. Ils ont emporté mon enfant. Mon Siegfried.

Kriemhild a eu raison. Siegfried fut bien emporté de par ma négligence. Toutes les remarques que je pourrais lui apporter sembleraient bien vaines devant l'épreuve qu'elle vient de traverser. Je ne faisais même plus attention à l'existence du garde. Sa vie organique n'avait plus la moindre importance à mes yeux. En perdant Siegfried, la terre s'est arrêtée de tourner sous mes pieds. Le soleil m'est devenu noir. Kriemhild avait vu juste. Elle pouvait effectivement me traiter d'inférieur, désormais. C'est ce que j'étais devenu.

- Kriemhild ! Donne-moi ce fusil !
- Viens le chercher ! Être abject et vil !

Je vis que l'ensemble des survivants commençait à se poser des questions. Ils commençaient à se réveiller. Je devais absolument inverser la tournure des événements.

- Kriemhild...
- Un pas de plus, misérable Juif, et tu es un homme mort !

La mesure était à son comble. Je voyais que les survivants autour de nous se relevaient davantage. Les gardes eux-mêmes ne purent les contenir. Mon acte ultime allait décider de l'ensemble des événements qui allaient suivre. Je me suis donc précipité sur Kriemhild, mais en vain, elle tira la première. Une balle qui me toucha l'épaule gauche. Cette balle-là fut celle de la surprise. Qui aurait imaginé Kriemhild devenir ce qu'elle est devenue ? Moi qui lui avais tout appris, je me voyais trahi par ce qui comptait le plus pour moi. Je m'avançais de nouveau vers elle. Elle tira de nouveau. Une deuxième balle qui me toucha l'épaule droite. Je suis tombé à genoux. Deux balles qui bloquaient ainsi mon avancée, mes bras. Je ne pouvais plus les porter. Je ne pouvais plus me porter. Je relevai les yeux devant Kriemhild.

- Je t'avais prévenu, Heinrich. Tu n'es plus mon mari. Tu es devenu Heinrich, le Juif. Tu es devenu à mes yeux un être inférieur.
- Kriemhild…
- …Gardes, le commandant Heinrich a succombé à cette maladie infectieuse que l'on nomme la bonté. Il est désormais un prisonnier comme l'ensemble de cette vermine qu'il tenta de protéger. Tu entends, Heinrich ? Je suis au courant de tes manœuvres subversives et qui consistaient à accommoder la vie de tes quelques privilégiés. Seulement regarde !

Elle me tira par les cheveux. Elle me montra la direction des bouches de la mort. Je vis une partie du groupe des religieux que j'étais effectivement désireux de protéger, précédée du rabbin, du père d'Ezra. Je vis dans son regard un apaisement soulagé. Effectivement, j'avais tenu ma promesse et même davantage. Ezra allait vivre et allait perpétuer le souvenir de son père. J'aurais voulu lui parler pour lui faire comprendre ma désolation. Mais plus que tout, j'aurais voulu lui dire : « Rabbin, je suis désolé. J'aurais tant désiré te voir survivre

101

à la fin de cette guerre. Ne m'en veux pas, mais surtout, n'en veux pas à Kriemhild. Garde d'elle le souvenir d'une femme qui fut douce et respectueuse envers ton fils. Pour ma part, sache que je ne compte pas, Je ne compte plus. Seules, les âmes de Siegfried et de Kriemhild désormais comptent pour moi. Ton Dieu, effectivement, m'a apporté le changement. M'apportera-t-il la lumière, ou bien me laissera-t-il sombrer dans les ténèbres ? Adieu, rabbin. Que ton Dieu silencieux, mais si présent dans l'existence, puisse t'apporter le salut, comme il le fait actuellement, avec moi... »

IX
Le crépuscule des dieux

Qui peut désormais me dire ce qu'est l'Apocalypse ? Tous ces pseudo-spécialistes qui firent ma gloire et mon orgueil passé ? Ont-ils une perception, même infime de ce que peut représenter cet instant ? Souvent, je les ai lus, étudiés, même. J'ai cru en eux, en leurs théories, en leur délire. Que me reste-t-il donc de mon ancienne vie à présent, aujourd'hui que bien des années ont passé ? J'ai vécu intimement l'Apocalypse. Je pense que tout homme, à un instant donné de sa vie, est susceptible de vivre l'Apocalypse. Si cette vision des derniers jours, que l'on se transmet de génération en génération et ce, depuis des siècles, nous présente l'homme à cette période finale de lui-même ? Mon Apocalypse personnelle, intime, a commencé devant le visage gêné et maladroit de ce garde. Celui-là même qui se glorifiait d'avoir envoyé mon Siegfried tout droit vers l'abîme. Au-delà de ce moment, et après la fureur de Kriemhild devant le fait indéniable, je n'avais plus d'autre choix désormais que de repenser complètement ma vision du monde. Je ne pouvais plus me remplir de gloire personnelle devant les victoires empirique de notre pays et refuser dans ces conditions d'y ajouter la mort de mon petit garçon. Comment aurais-je pu donc continuer ?
Je me dois de retrouver au plus profond de ma mémoire les bribes et autres souvenirs de ces instants-là. Les mêmes qui ont suivi les gestes de Kriemhild. Tant sur le garde que sur ma personne physique. Tant sur la communauté du rabbin que

sur l'ensemble du peuple martyr. Les dernières minutes du camp se faisaient sentir. Dans la confusion des événements, certains gardes avaient déjà réussi à fuir. D'autres, par contre, n'eurent pas cette occasion. Le réveil des survivants était à son beau fixe et les quelques balles mêmes, maladroitement tirées, ne purent empêcher les scènes de massacre qui suivirent. Kriemhild, sans le savoir, avait ouvert une porte qui jamais plus ne se serait refermée. Je voyais, tout autour de moi, des images de fin du monde. Du mien, en tout cas. Les survivants du camp réussirent à prendre le dessus face aux acharnements devenus inutiles des quelques gardes, à leur tour survivants. Je refusais de croire ce que je voyais. Kriemhild poursuivit sa furie sur les malheureux qui tentaient de s'approcher d'elle. Elle faisait danser, tournoyer le fusil encore entre ses mains. Sentant la défaite proche, elle se précipita sur la première sortie viable. Ayant réussi à franchir non sans mal les portes métalliques, elle parvint à fuir. Je ne la revis plus jamais. Son Apocalypse a-t-elle eu lieu ? Personne ne put me le confirmer. Mais voilà que le petit Ezra, devant mon désarroi, me toucha la main :

- Commandant Heinrich ! Vous ne pouvez rester là.
- Désires-tu donc me sauver, petit Juif ? C'est pourtant de ma mort dont il s'agit.
- Commandant Heinrich ! J'ai perdu Siegfried autant que vous, et sa mort brutale me bouleverse autant que vous. Je dois cependant vous apprendre que Siegfried a choisi son destin. Ses yeux lors de notre dernier entretien n'étaient déjà plus ceux de votre petit garçon.
- Fort bien, Ezra. Mais qu'espères-tu donc de moi, à présent ?
- Commandant Heinrich ! Je veux vous voir vivre. Je suis bien trop jeune pour percevoir les desseins du Tout-Puissant, je ne peux qu'interpréter devant la tournure des événements.

- Mais tous ces gens qui sont morts par ma faute, Ezra ? Sous mon commandement, sous mes ordres ?
- Tous ceux-là qui sont morts dans ce camp, commandant, ne l'ont été que par la volonté de votre Führer. Je comprends bien qu'il me faudra un peu de temps encore pour ne pas vous juger pleinement responsable. J'accepte de me faire violence, j'accepte de vous pardonner la mort de mon père.
- Pourquoi fais-tu tout cela, Ezra ? Pour qui, pour ton Dieu ?
- En tout premier lieu, oui ! Sinon, je n'oublie pas Siegfried. Jusqu'à la fin, je l'ai supplié de ne pas vous en vouloir. Je l'ai supplié de continuer de vous aimer, malgré ses révélations.
- Ses révélations ? Lesquelles ?
- Les siennes propres. Siegfried a su nous mentir à tous les deux, commandant. Il m'a avoué être entré plusieurs fois à l'intérieur du camp.
- Pardon, Siegfried. Quelle image de ton père as-tu donc emportée avec toi ? Quelle image de l'Allemagne as-tu conservée, maintenant que tu es là-haut ?
- J'ai aussi supplié votre fils de vous pardonner personnellement, commandant. Ainsi qu'à votre femme, ainsi qu'à l'Allemagne. Durant tout ce temps, j'ai fait votre travail, vous savez.

Nous nous sommes assis, Ezra et moi. Je ne savais encore de manière précise quel sort me serait destiné. Je m'en moquais. Je regardais le petit Ezra avec une douceur dans les yeux, toute semblable à celle que je réservais à mon petit garçon, mon petit Siegfried. Je perdais, à mesure de ce regard, tous mes rêves passés. Mon orgueil, mes espoirs, mes illusions, mes certitudes. Mon esprit allemand.

- Aujourd'hui, Ezra ! C'est ma vie qui t'appartient. Le vois-tu ? Le devines-tu ? Que comptes-tu faire à présent ?

Un clin d'œil malicieux, et...

- Laissez-moi faire, Commandant Heinrich ! J'ai mon plan.

Le plan d'Ezra effectivement était des plus simple. Prendre la place de son père, prendre la place de celui que Kriemhild précipita vers la mort. Un échange des plus simples pour le petit Ezra. Il me suffisait de porter ses vêtements. J'étais encore officier des armées il n'y a pas si longtemps, je deviens officier du culte, l'espace d'un instant. Ezra sera indulgent avec moi. Il sait parfaitement que je ne possède aucun savoir qui soit susceptible de tromper le reste des survivants. Il espère seulement que la cohue qui a mené la fin sera magnanime avec lui. Après tout, le commandant Heinrich ne fut pas tant détesté que ça. Par moment bien sûr, certains regards inquisiteurs émanant des survivants pouvaient nous faire craindre le pire. Ezra ne me quittait pas un seul instant. De son regard innocent, il obligeait les adultes à faire taire ce qu'ils avaient bien du mal à contenir. Et c'est pourtant ainsi que la chose s'est produite. Une aube nouvelle sur le monde pointait déjà, et les âmes rescapées du camp ont pu apercevoir au loin ces libérateurs d'une ère en devenir. Un officier fier sur son cheval s'approche de nous, alors :

- Nous sommes les glorieux représentants de notre si grande armée qui, la première, a ouvert les portes du camp. Avez-vous encore en votre sein des hommes que vous ne désirez pas ? Nous recherchons toujours le commandant de ce camp. D'après nos précieux renseignements, il n'a pas réussi à fuir et il n'a pas péri. Nous avons appris de source sûre qu'il avait une femme et un fils avec lui. Eh bien ! Je vous écoute.

Le hennissement du cheval que cet officier tentait de contenir dissimulait non sans mal une incertitude. Celle toute simple de l'homme face à ce qu'il ne connaît pas. Il pouvait jouer le fier, il ne trompait pas. La vue du camp, de ses monticules, de ses corps éparpillés au gré du plan. Cet homme-là, de fait, n'en vu jamais autant. Il retourna donc des sabots. Il voulut se tenir droit devant les siens, il ne le put. Il baissa la tête et essuya mais très rapidement, ce qui ne pouvait être que des larmes. Ce qui ne devait être que des larmes.

- Eh bien. Ezra ! Tu l'as trompé, lui, mais nous ? Penses-tu que nous pourrons accepter ce que tu nous prépares ?

Les survivants s'étaient retournés vers l'enfant et moi-même. Une petite rougeur commençait de monter aux joues de l'innocent.

- De plus, quel nom comptes-tu lui octroyer ? Rabbi Kommandant ?
- J'avais tout simplement pensé à Reichmann.
- Reich Man ?
- Je fais ce que je peux, de mon côté. Vous devez en faire de même, du vôtre.
- Fort bien, Ezra. Nous n'oublions pas que tu es le fils de ton père. Pour lui seulement, nous ne dénoncerons pas ton protégé. Il ne sera pas ton otage, il sera ton élève.
- Prenez ma main, commandant Heinrich. Il ne nous reste plus qu'à franchir les portes du camp. Vous devez rester prêt de moi, on ne doit pas se douter.

On ne s'est effectivement pas douté. Ce qu'il restait du commandant Heinrich avait fini sa carrière dès l'instant où il ôta son uniforme. Il savait qu'il croiserait beaucoup de difficultés dans sa vie future. Il l'acceptait, cependant. Un homme ancien devait mourir, un homme nouveau pouvait naître. Libéré, de l'ensemble de ses dérives passées.

X

De nos nouveaux jours

- Allô, oui ?
- Eh bien ! Tête de bois ! As-tu une bonne nouvelle à m'annoncer, au moins ?
- Je… Je pense m'être trompé. Je veux dire…
- …Je ne comprends plus. Tu me disais posséder un message écrit de sa main.
- Finalement, ça n'est pas important. Je ne pense pas que ton journal gagnerait quoi que ce soit à publier un article sur cet homme.
- Mais pourquoi ? Tu semblais être moins sûr, ce matin.
- Je pense seulement qu'à partir d'un certain niveau, il n'est pas bon de révéler certaines choses.
- C'est donc ça. Tu me caches des choses ?
- Je ne vais pas tarder à rentrer. Je viendrais prendre mes affaires, tout de suite arrivé.
- Oui. Euh ! En ce qui concerne notre dispute… oublie ça. Je suis un peu responsable, moi aussi. J'aurais dû davantage insister sur l'urgence de sa rencontre. Je ne te renvoie pas. Rentre vite. Ton pays t'attend.

Je fus content d'avoir renoué mes liens avec lui. Il est un peu brutal dans ses choix, certes, mais, je crois que je l'aime bien. Il faut avouer que je ne suis pas si facile à vivre. Je dois retourner voir les religieux.

- Monsieur le journaliste, certaines révélations vous auraient donc troublé, dérangé ?
- Je veux connaître la suite... Ezra !
- Oui. Vous m'avez donc reconnu.
- Comment avez-vous pu partager ainsi la vie de cet homme ? Et sans le haïr, encore ?
- Le haïssez-vous, maintenant que vous savez ?
- Je ne sais pas. Pourquoi a-t-il fallu cette fin-là ?
- Nous ne sommes pas maîtres de nos destinées, Monsieur le journaliste. Nous pouvons la diriger, par le biais de nos choix. Mais la suprême finalité est de son seul ressort.
- Vous croyez profondément en ce Dieu, n'est-ce pas ?
- Il nous a créés. Vous et moi. Et cela me suffit.
- Pensez-vous qu'il vous a utilisé ? Voulait-il le voir survivre ? Possédait-il une âme digne d'être rachetée ?
- Je pense que toute âme est digne d'être rachetée.
- Même celle de Hitler ? D'Eichmann ?...
- ... comme celle de Nabuchodonosor. De Titus. De tant d'autres.
- Vous êtes quelqu'un de bien, Ezra. Peut-être même trop bien pour ce nouveau monde qui n'aspire qu'à la vengeance.
- Vous remarquez également que ce monde ne suit pas sa route.
- De quelle route parlez-vous, Ezra ?
- De la seule qui soit propice à ses yeux. Celle du pardon. Celle du partage. Celle de l'amour, en somme.
- Mais qu'allez-vous donc faire à présent ?
- Rien de plus de ce qui a été prévu.
- Je ne comprends pas ?
- Regardez donc dehors.

Effectivement. Une foule qui protestait faisait violement secouer les barreaux de fer qui protègent notre résidence.

- Mais comment ?
- Votre patron n'est pas le premier à l'avoir retrouvé. Un jeune historien de ce pays est tombé sur lui par hasard – bien que je doute de son existence. Il a pu regrouper un ensemble conséquent de témoignages à charge contre le commandant Heinrich.
- Mais qu'allez vous faire, à présent ?
- Nous allons l'enterrer derrière la résidence. Nous en avons reçu l'autorisation officielle. Nous possédons un petit cimetière et beaucoup d'influence.
- Pensez-vous que les esprits vont se calmer ?
- Non, au contraire. Nous sommes entrés dans une phase de révélations qui ne feront qu'accentuer le processus.
- De quel processus parlez-vous donc ?
- Les langues vont pouvoir se délier, enfin. Bien des gens feront croire qu'ils n'étaient pas au courant. D'autres diront qu'ils n'avaient pas le choix.
- Mais pour vous, Ezra ? Maintenant ?
- J'assumerai pleinement les choix que j'ai pris tout au long de ma vie. Je ne renierai rien. Je ne cacherai rien. S'ils veulent un coupable, ils l'auront, alors.
- Mais pourquoi faites-vous ça, Ezra ? Pour votre Dieu ?
- En tout premier lieu, oui. Sinon, je me dois de préserver la mémoire de mon père. Le commandant Heinrich est le dernier élément qu'il me reste de lui.
- Je vais rester un peu, Ezra. Je ne peux pas vous abandonner.
- Vous aurez ainsi le temps de rédiger votre article. Tout à loisir.

C'est sur notre sourire confiant et mutuel que je décidai donc de rester. Mon patron ne m'en voulut pas. Il avait suivi les événements dans la presse. Tout le monde parlait déjà de cet ancien nazi devenu rabbin. Les gorges chaudes y allaient de plus belles. Les amalgames identitaires et culturels sont restés les principaux sujets de cet engouement. Chacun voulut raconter sa version de l'histoire. Tous les témoignages, parfois plus ridicules les uns que les autres, se trouvaient en première page de tous les magazines concernés, et même de ceux qui ne l'étaient pas. J'ai préféré attendre un peu avant de rédiger mon article. Il fallait que la tempête s'apaise, et elle s'est apaisée. Finalement, une deuxième phase de compréhension s'est donc mise en marche. Après la passion, vint la raison. Des universitaires de tous les pays ont pu de ce fait apporter de nombreux éléments, parfois très riches de nouveaux détails sur une période qui semblait un peu tombée dans l'oubli. Le refus.

Je ne fus pas mécontent de mon séjour en Israël. Arrivé de nouveau en Allemagne, je pus retrouver cette Pénélope qui m'attendait de pied ferme, mais si heureuse de se trouver héroïne parmi tous. Mon patron même me félicita pour ces relations privilégiées que j'avais pu nouer avec la communauté d'Ezra. Désormais, l'Allemagne pouvait mieux respirer. Les colloques se firent de plus en plus nombreux. Non plus pour culpabiliser un pays devant l'esprit des autres nations du globe, mais pour tenter d'expliquer aux enfants du futur les erreurs des uns face aux délires des autres.

Il fleurait bon un air neuf et frais sur la terre.

Table des matières

www.ingramcontent.com/pod-product-compliance
Lightning Source LLC
Chambersburg PA
CBHW071008280626
47160CB00015B/2063